threesome

榎田尤利

角川文庫
23292

threesome

【ルール】

財津誠（ざいつまこと）は寝室における主導権を持つ。
菊池拓也（きくちたくや）は参加権を持つが、財津誠の指示に随順しなければならない。
辻良典（つじよしのり）は当該関係そのものについて、絶対的な決定権を所有する。

また、三者の関係は、禁秘とする。

1

暴力について考えてみる。

辻はヤクザだ。すなわち暴力団構成員。

しかも幹部なので、暴力について考察するのはおおいに意義がある。トレーダーが株式相場を気にし、農家が天候を気にするようなものだ。

暴力。

乱暴な力・行為。不当に使う腕力。

どこで聞いたのか忘れたが、ゴリラだのチンパンジーだのは、人間ほどの暴力性を持っていないらしい。その一方、サルは子殺しをするという話も聞いた。群のリーダーオスが替わると、新リーダーは、自分の血縁ではない子ザルをメスから奪い、殺してしまうというのだ。さほど珍しい現象ではないらしい。授乳中のメスは発情しないので、自分の遺伝子を残しやすくするためにも、オスは子ザル殺しをする。

それを知った時、オスザルめ、キッツイことしやがるな……と辻は思った。

しかしよく考えてみれば、人間も子供を殺す。しかも自分の子だろうと殺す。これはほかの動物には見られない行為だ。

おまけに人間は親も殺すし、恋人も殺すし、友人も殺す。戦争や紛争など、外部からの圧力がかかった場合を除き、人が殺すのはだいたい身近な人間だ。見ず知らずの相手を襲う通り魔は、実のところ殺人事件の割合としては少ない。大きな報道が繰り返されるため、印象が強く残るだけだ。

人はよく知っている相手ほど、殺す。

「どうしてだかわかるか？　菊池」

辻の問いに、菊池は「ハイッ」と反射的に姿勢を正し、その五秒あとに、

「すんません。ぜんぜんわからないっす」

と阿呆丸出しの答をよこす。その顔の左側は痣だらけだ。

「五秒しか考えねえのか」

「すんません、たぶん、長く考えてもわかんないっす」

「まあ、そうだろうな。おまえに聞いた俺が悪い。……櫛田さん、どう思います？」

辻はすぐ横を歩いている腹心に聞いてみた。足音をほとんど立てずに歩く櫛田は

「そりゃあ」と穏やかな口調で、

「愛と憎しみ、でしょう」

と答えた。正解だ。辻はニヤリと笑って「さすが兄貴」と返す。

「兄貴、はいけませんよ、頭（カシラ）」

「さんざん俺の世話を焼いてくれた兄貴じゃないですか」

「昔の話です。下の者に示しがつきません」

「今は俺たちだけですよ」

「菊池がいます」

「こんなバカ、数に入れなくてもいいんです」

バカ扱いされたというのに、菊池は「ウス」と真面目なまだら顔で答える。顔がこんな有様なのは、数日前、蹴られまくったからである。服の下、身体の痣はもっと多いはずだ。

「櫛田さんの言うとおり、人間は愛と憎しみを知ることで、獣よりずっと暴力的になったわけだ」

サルから進化する過程で人は直立二足歩行し、脳が発達し、複雑な思考が可能となった。愛情や憎悪という感情もまた、脳の発達によって生じたものだ。

「あの、えっと、けど、サルとかも愛情はあるんじゃないすかね……母ザルは子ザルを可愛がるし」

まだら顔の舎弟が言う。

「そりゃ自分の遺伝子を残すための本能だろ。人間だって基本は、子孫繁栄の本能で行動してるんだろうが、例外も多い。他人の子でも育てるし、子供を産めない女に惚れる男だって多いし……野郎のくせに、野郎しか愛せない、なんて奴も結構いるじゃねえか」

二歩ぶん後ろを歩く菊池をチラリと振り返ると、下を向いて「え、あ、はひっ」とひっくり返った声で返事をした。

菊池は二十歳になったばかりの若造だ。

一八六センチという体格に、筋肉をかっちり纏(まと)ったいいガタイをしているのだが、やや猫背なので損をしている。どこか臆病な、若い雄ライオンみたいな男で、事務所の雑事と車の運転が主な仕事だ。底辺高校を中退し、すこぶる頭が悪いものの、忠犬並みに辻の命令に従う。

「憎しみってのも……人間にしかない感情なんですかねえ」

短歌でも吟じるように、しみじみと櫛田が言う。

辻よりひとまわり上の櫛田は今年で四十三、目尻の皺がやや目立つようになってきた。痩せ気味の身体はどこか飄々(ひょうひょう)とした佇まいで、地味なスーツを纏っている。若い頃は武闘派で鳴らしたが、今はその影も薄く、堅気(カタギ)の中にも自然に溶け込む。

「でしょうね。可愛さあまって憎さ百倍とか、サルにはありえないだろうし。あいつらのケンカはせいぜいメスの取り合い、餌の取り合いだ」

辻が言うと、櫛田は「面子（メンツ）を潰されたなんて言い出す、面倒くさいサルはいませんからね」と笑う。

「確かに」

辻も笑いながら頷いて、煙草を咥えた。すぐに菊池がライターを持ってこようとしたが、「いいよ」と櫛田が柔らかく制し、自分の電子ライターを出す。

辻は立ち止まり、顔を軽く俯けた。

櫛田は左手で辻の煙草周りを囲み、右手でライターを着火させる。

煙草を咥える者、火をつける者――この関係が逆転したのは、いつだったか。

辻と櫛田はもう十五年のつきあいだ。辻がこの業界に入った折、衣食住すべての面倒を見、礼儀作法を叩き込み、一人前にしてくれたのが櫛田である。その後、辻が才覚を現してめきめきと出世してからも、常にそばで支え続けてくれている。

「人間は複雑な感情を持ったせいで、どんな動物より暴力的になった。脳の発達によって、ほかの動物にはない、暴力発動装置みたいなのができたんじゃねえか……俺はそう踏んでるんですけどね。ただし、人間は理性ってのも持ってる。だから普段は、暴力発動装置はコントロールされてて、無闇に他人を殴ったりはしない……」

「ははは。菊池をこの顔にした辻さんが言うのは、ちょいと奇妙な気もしますが」

櫛田にチクリと言われて、辻は肩を竦めた。

「これは躾(しつけ)ってやつです」

そう、菊池をさんざん蹴飛ばしてこの面構えにしたのは、ほかでもない辻なのだ。だが、それは決していわれなき暴力ではない。いや、いわれがあっても暴力は否定されるのだろうが、それは世間一般での話であって、辻の生きる業界ではだいぶ事情が違うのだ。

「バカな犬は身体に教えないと……いや、たぶん犬のほうがましだ。あいつらはだいぶ利口ですよ。俺は犬なら蹴りません」

「可哀想に。菊池は犬以下ですか」

笑う櫛田に「そうそう」と答え、続いて辻は菊池に聞いた。

「おい、アホワンコロに問題だ。俺たちの稼業はなんだ?」

「へっ?」

突然聞かれた菊池はしばし考え、「ええと……株式会社クロスロード・プランニング……」と自信なげに答えた。

「そうじゃねえよ、バカ」

菊池が言ったのは社名であり、稼業ではない。

「俺らはヤクザ、だろうが」

往来を歩いているので、やや声を低くして辻は言った。

「あ、ハイ」

「漢字三文字でいうと？」

「暴力団……？」

「そう。この言い方を嫌う奴も多いけどな、実際俺らは暴力のプロなんだよ。暴力を利用して、てめえの仕事を円滑に進めようとする。そんなんじゃあ、反社って言われたってしょうがねえよな？」

煙草を吸いながらにやにや問うと、菊池は困ったように「そ、そうすかね……？」と曖昧に返してきた。この問いに対してハイと答えれば、辻という人間も反社会的だと決めつけることになる。かといってイイエでは、辻に逆らうことになるので、返答に困っているのだ。

「けど……ヤクザは堅気には手を出さねえし……」

ぼそぼそと言う菊池を「眠てェこと言ってんじゃねえぞ」と辻は吊り目で睨みつけた。道に灰を落とそうとすると、櫛田がスッと携帯灰皿を出す。路上喫煙そのものが条例違反なのだが、さすがに辻はそこまでマナーを気にしない。まったく、喫煙者の生きにくい世の中になったもんだ。

「堅気に手を出さねぇのは、俺たちがお優しいからじゃねえ。後々面倒なことになるからだよ。今のご時世をヤクザ者が生き残ろうってんなら、頭使うしかねえんだ。辻堂組(ウチ)は俺の才覚で商売がまだうまくいってっから、てめえらもノンキな顔してられんだぞ。上に納めるモンの算段がつかなくなったら、親には死んでも言えねえようなシノギもさせっからな。うすらぼんやりしてんじゃねえ」

「す、すんません」

阿呆が、と罵って、辻は菊池に煙草を投げつけた。軽い紙煙草は菊池に当たることもなく路上に落ち、菊池は慌ててそれを拾うと、櫛田に渡された携帯灰皿で消す。

結局、金なのだ。

しょっぱい話だが、現実である。一般社会だろうと極道だろうと、その点に変わりはない。

辻堂組は、辻が取り仕切っている組織だ。たいして大きな所帯ではないが、大きすぎても管理しにくいので、まあこの程度でいい。事務所に掲げている看板は、株式会社クロスロード・プランニング。不動産業、風俗営業、飲食業などを手がけている。清廉潔白、真っ白な会社だとはとても言えないが、かといって真っ黒でもない。グレーゾーンで強か(したた)に生き抜く手腕を辻は持っていた。上部組織は和鴻(わこう)連合会、ここの会長である和鴻俊明(としあき)が辻にとってのオヤジにあたる。

ヤクザはピラミッド型の縦社会だ。

下の者が上の者に金を納める形で成り立っている。また、擬似家族制度に則り、盃を交わして親子分、兄弟分となる。子は親に尽くし、親は子を守り、兄弟は助け合う。ずいぶんと古式ゆかしい制度だ。時代錯誤も甚だしいが、それでもこのシステムが消滅しないのは、ほかに行き場のない人間が一定数存在しているからなのだろう。かつての辻がそうだったように。

「暴力ってのは、衝動だ」

辻はコートのポケットに手を突っ込んで言った。今日はかなり冷え込む。

「だが俺たちはプロだから、衝動に振り回されてちゃどうしようもねえ。暴力という商売道具をコントロールして、使いどころを間違えないのが大切だ。暴力はよく効くクスリだが、リスクも高い。ここぞってところで使うまでは、しまっとくのさ」

「菊池には、ここぞ、がよく来るわけですね」

笑いながら櫛田に言われ、辻は「この程度は撫でてるようなもんです」と返す。

「なんかこう、蹴りたくなる顔してますしね、こいつは」

「はい。俺、辻さんのサッカーボールでいいんす」

コクコクと頷きながら言う舎弟を「気持ち悪いヤツだな」と睨めつける。

「俺はきっと、辻さんに蹴られるために生まれてきたんだと思います」

「ドMかよ。俺の靴が汚れるから、なるべく蹴らんようにする」

「そんな」

「うるせえ」

「ははは。菊池はいいな、頭に可愛がられてて」

櫛田の言葉は冗談半分だったわけだが、菊池は顔を赤らめて「はい、幸せっす」と答える。こいつは本当にバカだなと、辻は思わず感心しそうになる。

　ふと、足を止めた。

一瞬、耳をついた小さな悲鳴。

辻がその方向に目をやると、狭苦しい路地奥で、蠢(うごめ)く人影が見える。

「菊池」

「ハイ」

「あそこでドタバタしてやがる連中の様子見てこい。ウチのシマではしゃがれちゃ迷惑だ」

「ハイッ」

　忠犬菊池が、路地奥に走っていく。その後ろから、辻と櫛田はゆったりと進んだ。

「三人ですね」

　櫛田がしげしげと観察して言った。

「うちひとりが一方的にやられてるようです」

「蹴ってるふたりに見覚えは？」

「ありません」

櫛田は人の顔と名前をよく覚えている男だ。その櫛田が知らないというのだから、少なくとも組関係のチンピラではないのだろう。昨今、この街もヤクザ以外の無法者がのさばりだしている。連中の組織はひとつひとつが独立していて、繋がりが弱いため全体像が摑みにくい。

「なんだ、てめえ」

ぬぅ、と現れた菊池にふたりが身構えた。

両者とも二十代前半というところか。喋ったほうは茶色い髪で痩身、耳にやたらとピアスをつけている。もうひとりは短髪で大柄。といっても、菊池のほうが体格は勝っていた。猫背でびくつかなければ、それなりの威圧感はあるはずなのだが、若い菊池はまだ自分の演出方法を会得していない。

「あ、あんたたち、なにしてんだ？」

「関係ないだろ。消えろ」

短髪のほうが言いつつ、近づく辻と櫛田に注視した。ジリッ、と二歩後ずさり、そのせいでやられていた男の姿がよく見えるようになる。

腹部を守るように蹲り、ひぃひぃと弱々しい声を立てていた。顔は伏せているので見えない。

「こ……この界隈で騒ぎは困るんだよ。もういいだろ。行ってくれないか」

おい、そこは恫喝するところだろうが、なにお願いしてんだ……と呆れた辻だが、今しばらく様子を見守ることにした。出来の悪い舎弟を育てるのも仕事のうちだ。

「うっせえよ、おまえこそとっとと消えろッ」

ピアスが凄んだが、声がやや上擦って、いまひとつこなれていない。蹴り方にしても、やたらめったら脚を使っているだけで、ちっとも腰が入っていなかった。つまり、素人くさいのだ。

「こ、こんな人目につく場所で暴力沙汰なんて、警察呼ばれるぞ」

「はあ？　なんだよてめえ、サツが怖いのかよ」

怖いさ、と辻は内心で嘯く。暴対法以来、警察との緩やかな協力体制も取りにくくなった。ヤクザに吹く逆風はどんどん強くなるばかりだ。

「おいっ、そこのオッサンふたりも見てんじゃねーよ。さっさと行かないと、てめーらも一緒にボコるぞッ」

すっかり頭に血が上ったピアスが、辻に向かって言い放つ。

やれやれ、元気のいいことだ。

元気がよすぎて算数もできないらしい。今や二対三になったことにも気がつかないのか。一方、短髪のほうは少しまともなおつむのようだ。ピアスの腕を軽く引き「やめろ」と低く言った。

「な、なんでだよ」

「あいつら、本職かもしんねぇ」

「……マジ？」

ふたりの眉が曇る。

辻は火のついていない煙草を咥え、蹲っている男のそばまで無言で進んだ。チンピラふたりはさらに後退したが、逃げはしない。どうしようかと戸惑っているようだ。

靴の先で、蹲る男を転がす。

うぅ、と小さく呻いた男の顔は、涙と鼻水と鼻血でぐしゃぐしゃだった。若い。まだ十代だろう。

「あーあ、靴が汚れちまった」

お気にいりのイタリアブランドの靴を覗き込み、辻は言う。そのまま片足で立ち、つま先を菊池に向けると「ハイッ」と菊池が身を屈め、自分の袖で辻の靴を拭く。その様子をふたりのチンピラは、困惑顔で見ている。靴を拭き終わった菊池はサッと立ち上がり、今度は「失礼しゃす！」と、辻の煙草に火をつけた。

なにもかもが、いかにもヤクザの兄貴と舎弟、というやりとりだ。もちろん辻はわざと見せつけている。

「兄ちゃんら、もういいんじゃねえか？　素人さんは限度を知らないから困るね」

「……余計な口出しすんじゃねえよ」

引き続きイキがっているピアスだが、声のトーンは落ち始めている。辻は煙草の煙を吐きながら、「うん、まあ、俺も言いたくはねえんだが」と続けた。

「ここらはウチの管轄区でね。この手合いの事件が発生すると、おまわりさんがウチの事務所にコンニチハーといらっしゃるわけだ。なにしろ日頃の行いがよろしくないもんだから、嫌疑をかけられやすい」

ニコニコと愛想よく説明しているというのに、ふたりはジリッと後ずさる。

「ひどい話だよな？　たとえ今まで百人を半殺しにしていようと、今回の半殺しが俺たちの仕業と決まったわけじゃないのに」

指に挟んだ煙草の灰をトン、と落とす。反射的に菊池が手の平を差し出し、受け取った灰に「あちっ、あちちっ」と騒いだ。その姿を一瞥し「うるせえ」と放つ。

「暴力に関しちゃ、俺たちは専門家だ。専門家として言わせてもらうが、兄ちゃんたちはてんでなってねえ。こんな子ウサギみたいなのを、ふたりがかりで蹴飛ばしてる理由はどうでもいい。ただのケンカなのか、なにかの制裁なのか、べつに興味もない。

だが場所がよくない。そこの大通りから、ひょいと覗けば見えるとこじゃねえか。ウチのバカな舎弟が言ったように、警察でも呼ばれたら面倒だろうが。今呼ばれなくても、こいつがこんな有様でフラフラ歩いてたら、目立つに決まってる。おまわりさんに出くわしたら、職質間違いなしだ。それとも……」

今までチンピラたちから逸らしていた視線を、いきなり合わせた。辻はなかなかの優男なのだが、目尻がキュッと吊り上がっていて、睨みには一定の評価がある。女たちは『ちょっと怖くて色っぽい』と褒めてくれるし、舎弟たちは『正直、タマが縮みます……』と身を竦める。

「こうやって痛めつけろって、上から言われたのか？　ん？　なんかあったら、どっかの組がケツ持ってくれんのか？」

「それは……」

ピアスが口籠もる。助けを請うように短髪を見上げ、短髪のほうは僅かに視線を泳がせて「上なんかいねえよ」と早口に言う。嘘だ、と辻にはすぐにわかったが、そうとは口にしない。

「へえ。なら、いいかげんにしとけ。……せっかくだから、後学のために教えておいてやろうな？　おまえらの蹴りはへなちょこで見てられなかったからなあ。目立つ顔なんか、狙うもんじゃねえんだよ。基本は腹だ。特に痛いのは」

「ぎゃあ！」

叫んだのは菊池である。

なぜ叫んだのかといえば、辻が蹴ったからである。右脇腹を狙い、ぼんやり突っ立っていた菊池にもろに食らわせた。菊池は身体を折り曲げて呻く。

「ここね。肝臓」

蹴ったついでにくるりとターンして、辻は説明する。

「ヒットするとかなり痛い。脇だから、蹲った相手にもしつこく入れることができる。あー、でもやりすぎると肝臓破裂して殺しちまうかもしれないから、いい感じに加減しないとな？」

「う、うう……ううう……」

でかい図体の菊池が涙目で呻くのを見て、チンピラたちはますます後ずさる。ピアスのほうは顔色を変え、「あんた、ヘンだよ」と小さく言った。自分の舎弟にためらいなく蹴りを入れ、さらにニタニタしている辻が気持ち悪いらしい。せっかく、的確で効率よく、特別な道具も必要とせず、かつ目立たない暴力メソッドを教えてやったというのに、失礼な奴だ。

「い、行くぞ」

短髪が促し、ピアスが頷いてふたりはそそくさと立ち去る。

路地の先は行き止まりなので、どうしても辻の横を通過する必要があるわけなのだが、全身に緊張を漲らせているのがわかった。

小者だが、まったくの素人でもなさそうだ。さっき短髪が言ってた『本職』という言葉が気になる。ヤクザ稼業を本職と呼ぶということは、連中は自分たちを『暴力団とはまた別の、反社会的組織』と認識しているわけだ。いわゆる半グレ……連中は暴力団に在籍していないがゆえに、暴対法の適用を受けない。気にくわねえなあ、と辻は煙草を深く吸う。

「……櫛田さん、あいつら尾行てください」

「はい」

櫛田は頷き、路地を抜けていった。

一方で菊池はまだ身体を曲げたまま「うう、ひどいっすよ、辻さん……」と気概のない声を上げている。

「なんで。おまえは俺のサッカーボールなんだろうが」

「けど、レバーはマジキツイっす……うう……」

「大袈裟なんだよ。本気でやってねーだろ」

「俺、なんもしてねえのに……」

「はあ？　なんもしてねえ？」

ずいっ、と菊池に寄る。

舎弟は身体を強ばらせ、よろめきながら路地の塀に背中をつけた。

「なんもしてねえなんて抜かすのはどの口だ？　これか？　この口か？　ああ？」

「つ、辻さ……ングッ」

菊池の顎を強く摑み、開けさせた口の中に二本の指を無遠慮に突っ込んだ。菊池はジタバタと苦しがったが、辻を押しのけることはしない。というか、できない。バカで忠犬だからできないのだ。

「てめえ、よく言えたな？　俺が一昨日のことを水に流すとでも思ったか？」

「ぐ……ぐえっ……」

「おっと、吐くなよ。俺の服が汚れたら殺すぞ？　あーあ、ひでえ顔しやがって……苦しいだろ？　指二本でこれだ。想像しろよ、俺はもっと苦しかった」

ぐえぐえと、瀕死のカエルみたいな声を出しながら、菊池が充血した目で辻をみる。その目尻からポロリと涙が零れた時、辻は二本の指を引いた。涎まみれで汚い。菊池は激しく噎せ、その背中で辻は指を拭いた。早くちゃんと洗いたいと思う。

「あ……あの……」

かぼそい声は、下方向から聞こえる。さっきまでアルマジロのように丸まっていた男が、やっと半身を起こしていた。

顔の半分が腫れて、鼻からはいまだ血が流れている顔で「ありがとうございました」と頭を下げる。やはり若い。まだ十八、九だろう。

「べつにおまえを助けたわけじゃない」

「それでも……助かりました。マジで死ぬかと思ったんで……」

「肋骨くらいは折れてるかもしれねえから、医者行っとけ」

「あ……無理す……俺、保険証持ってないんで……」

「ああ、そう」

辻はあっさり頷いた。保険証を持っていないということは、つまり健康保険料を払えていないのだ。若年層の失業者が多い昨今、珍しい話でもない。収入がなきゃ保険料なんぞ支払えるはずもない。

「ケータイは持ってるか？」

「ハイ……今はないけど……アパートに……」

金がない奴でも、スマホだけは死守する。日雇い仕事の情報などを得るためには手放せない必須アイテムだからだ。

「んじゃ、それで無料低額診療施設ってググってみな。都内にも何カ所かあるはずだ。まあ、べつに折れてなきゃ行く必要はねえけど」

「無料低額診療……ありがとうございます。あの、どっかの組の方ですか……？」

辻は煙草を咥えたまま、よいせ、と鼻血青年の前にしゃがみ込んだ。

顔半分は腫れているが、残り半分から察するになかなかきれいな顔をした男だ。辻と目が合っても、視線を逸らさない。バカなのか素直なのか、あるいはそうする気力すらもないのか。

「俺に聞くなら、そっちも教えろよ。いまのふたりはなんでおまえを蹴ってた？」

「……そ、それは……俺が仕事でヘマしちまって……」

「なんの仕事」

「あの……それは……あの…………」

じわじわと下を向く。どうやら、言えないお仕事らしい。そりゃそうだろう。だからこそ、仕事のヘマで殴る蹴るの事態になるわけだ。殴り飛ばして吐かせることは不可能ではないが、それでは暴力団の名が廃る。本当に必要な時にのみ、効率よく暴力を使うのが、スマートなヤクザというものだ。

ピリリ、とスマホが鳴った。櫛田からだ。出てみると『すみません、見失いました』と報告が入る。ひとりでふたりを尾行するのは難儀なので仕方ないだろう。そのまま事務所に戻ってくださいと伝えて、通話を切る。

「ま、いいや。兄ちゃん、あんまヤバイ沼に嵌まるんじゃねえぞ。今時、ヤクザよりおっかねえ連中がぞろぞろいやがるんだ」

「あ……はい……」

「なんかあったら連絡しな」

ポイ、と名刺を青年の腹の上に置いて、辻は立ち上がる。

ちょうど煙草が短くなったので、菊池に差し出すと、あわあわと両手の平で受け取った。火種のある煙草をお手玉している菊池を尻目に、辻は踵(きびす)を返し、路地から大通りへと戻る。

背中から「辻さぁん」と情けない声が届いたが、振り返ることなく歩みを進めた。

「そのあともしばらく、ひどいっす、ひどいっす、ってしつこくてな。煙草の件かと思ったら、『あんなどこのチンピラかわかんない奴に、名刺渡すなんて』とか、わけわかんねえこと言い出しやがる。あんまりうるせえから、事務所に戻ってから奴の口にガムテ貼ってやった」

「ふ。それはますますひどいですね」

含み笑いとともに降ってくる声は、耳に心地よい低音だ。厚手で滑らかなシルクのベルベットを思わせる。

「菊池の野郎、最近いい気になりすぎてんだよ。先生、あんたの教育が悪いんじゃねえのか？」

「私はきちんと言い含めていますよ。辻さんを、姫のように、女王のように、魔王のように扱えとね」

「魔王はあんただろ。……ん、そこ、もっと強く」

「私は魔王の側近です。……いや、側近は櫛田さんがいましたね。では、魔王の夜の部の側近。……このへんですか？」

肩胛骨の窪みをグリグリと刺激され「ん～」と辻は唸る。

気持ちがいい。この男のマッサージはなかなかのものだ。最近はアロマオイルまで持参し、なにやら柑橘っぽい匂いを漂わせ、こんなふうに辻の背中を解す。

都内の一戸建て、ハイグレードな防犯装置つき。

億超えは間違いない物件の、シックな寝室である。辻はベッドに伏し、男は辻の上に、体重をかけないように陣取っていた。

「凝ってますね……。背中は緊張が溜まりやすいんですよ。なにか心配事でも？」

「べつに」

「辻さんが、べつに、と言う時は怪しい。……例の【カイシャ】の件ですか？　なかなか尻尾が摑めないらしいですね」

「やだねえ、ヤクザの顧問弁護士は。いろいろ内情に詳しくて」

わざとらしい呆れ声を出し、辻は身体を半回転させた。ベッドの上で仰向けになり、男に「どけよ」と命じる。男は素直に辻の上から移動し、ベッドに腰掛ける。

財津誠。

この家の所有者であり、和鴻連合会の顧問弁護士だ。

辻の仕切る辻堂組も、なにか問題が発生すれば財津の世話になる。長身で胸板が厚く、眼鏡の似合う男前だ。普段は高級スーツを着こなしているが、今はスラックスとシャツだけを身につけている。ちなみに辻は全裸にバスローブ、さらにオイルマッサージをされていたので上半身は剝き出しだ。シーツに擦れて立ち上がった乳首に財津の視線を感じたが、気づかない素振りで、改めてローブを羽織り直す。

「和鴻会長から、調べろってお達しが出たんでしょう？」

「まあな」

「それで、ボコられていた坊やに名刺を渡した……と。あわよくば、その子から情報を引っ張るつもりで」

辻はニタリと笑って、煙草を咥える。

さすが筋者（スジモノ）の弁護士などやっているだけあって、察しのいいことだ。

「あんたの甥っ子にも、そういう読みができりゃいいんだがな。てんで使えねえ」

菊池は財津の甥なのだ。血の繋がりがあるというのに、頭の切れ方はまるきり違う。財津が外科手術用のメスなら、菊池はおままごとの包丁だ。マジックテープでくっついてる、プラスチックのニンジンとかを切るアレだ。

「拓也にも長所はありますよ」

「ナニがでかいとこか？」

「その点に関しては、一概に長所とも言えないですねえ。本人も、人並みがよかったと言ってますし」

肝の小さい舎弟だが、股間にぶら下げているモノはやたら立派なのだ。男風呂では羨望の眼差しかもしれないが、実戦には不向きである。使えない拳銃がでかくても無意味なだけだ。

「その坊やは、辻さんのところに来ますかね」

辻の煙草に火をつけて、財津は言う。今まで辻は寝煙草で、財津の高級シーツに三回穴を空けたが、苦情は聞いていない。

「利口なら来ないさ。そいつが【カイシャ】に嚙んでるとして、ケツ持ちでもない極道に接近したら今度こそ半殺しだ」

「ではなぜ名刺を？」

「バカかもしれないだろ？」

ツウッと一筋の煙を吐いて、辻は嘯く。

「ま、無駄でもネタは蒔いとくもんだ。会長(オヤジ)になんかしら報告しなきゃならんし。あの連中を目の敵にしてるからな。……あんたも聞いてるだろ。オヤジの、えーと祖母(ばあ)さんの妹？」

「大叔母、ですね」

「そうそう、それ。その大叔母さんが詐欺にひっかかった件」

ええ、と財津は頷いた。

和鴻会長と血縁のある大叔母である。

堅気の世界で生きてきた人だが、子供の頃から会長を可愛がってくれたそうだ。すでに八十歳、伴侶は先立ち、子供は独立して、ひとり暮らしをしていたのだが——詐欺の被害にあった。

「孫を装ったオレオレに、まず三十万持っていかれた。しかも、その半年後にまた別の手口で今度は二百だ。その時点でオヤジの耳に入って、そりゃもう、烈火のごとく怒ってたさ。わざと三度目にひっかかったふりして、【受け子】を待ち構えてボコったが……」

「【受け子】はしょせん末端ですからね。【番頭】の顔も知らない場合が多い……飲みますか？」

サイドテーブルに置かれたロックグラスを軽く上げて、財津が問う。辻は重ねた枕にゆったりと寄りかかって頷いた。中身はモルトウイスキーだ。

「結局、最下層の【受け子】と、そいつを斡旋してた野郎のふたりを半殺しにして終わりだ。そこから先はまったく見えない。奴らも知らないんだから、いくら殴っても吐きようがない」

【カイシャ】【受け子】【番頭】。

いずれも特殊詐欺における役割名だ。

【カイシャ】は詐欺グループそのもの、もしくは拠点となる事務所をいう。【受け子】は被害者から現金を受け取る者。以前は口座から引き出すケースが多かったので【ダシ子】と言った。

そして【番頭】はひとつの詐欺グループのとりまとめ役、つまりリーダーだ。さらに、【番頭】の上には【金主】がいる。資金を出すオーナーである。

かつてはオレオレ詐欺、振り込め詐欺などと呼ばれたが、手口が多様化したため『特殊詐欺』という名称でまとめられた。振り込ませる手口もいまだあるし、現金の受け渡しや、クレジットカードをすり替えるやり口もある。

この手の詐欺はどんどん形態を変えていく。軽やかに、と表現したくなるほどの変わり身の早さだ。そして、奴らは儲かっている。特殊詐欺の被害額を検索してみればわかる。驚くほどの額だ。

「もともと、和鴻のオヤジは時代錯誤なほどの任侠肌だからな。詐欺まがいのシノギに手を出すのは恥だと思ってる。そこにきて、自分の身内まで餌食にされたもんだから、ますますトサカにきちまった。このご時世、ああいった連中のケツ持って、甘い汁吸ってる極道なんか珍しくないってのに……」

「あなたは？」

「なにがだよ？　おい、酒よこせって」

いまだ自分の手の中でグラスを揺らし、財津は「辻さんは、どっちのタイプなんですか」と重ねて聞いた。

「弱きを助け、強きをくじく絶滅寸前の任侠なのか。金になるなら半グレ詐欺グループにだろうと手を貸すのか……」

「そりゃ、大事なのは金だろ」

揺れる琥珀色を眺めながら、辻は唇を舐めて答えた。

「かといって、堅気面で荒稼ぎしてる連中も気にいらねえがな。ま、俺にはご立派な信条なんてもんはないんだよ。ただ、さすがにオヤジは裏切れねぇ」

「……おや」

辻の言葉に、財津は薄笑いを浮かべて小首を傾げた。その顔は（あんな真似をしてたくせに？）と言っている。もちろん辻にも、財津の言いたいことはわかっていた。辻が以前、和鴻会長の愛娘に手を出した件である。

「女のことは別だ。俺に抱かれたいって女がいるんなら、抱いてやらなきゃ可哀想だろ。義務みたいなもんだ」

「なるほど。辻さんは本当に、女性に優しい」

「……にやにやしてんじゃねえ。ぶん殴るぞ」

「いいですよ」

微笑んで許可されては、殴る気も失せる。辻は短くなった煙草を差し出し、財津はそれを灰皿で受け取った。

「だいたい、えみりの件があったからこそ、てめえは俺を恐喝できたんだろうが」

「恐喝なんかしてません。私は懇願しただけです」

「俺のケツを掘らせろってな」

「あなたに愛を捧げたい、と」

「しかも俺の舎弟とグルになりやがって」

「ふたりぶんの、溢れるほどの愛を捧げたかったんです」

はあ、と辻は深い溜息をついた。舌戦で、このにやついた弁護士野郎に勝てるはずがないのはわかっている。こんなやりとりを続けても疲れるだけだ。

辻と、財津と、菊池。

男ばかりの三人でシーツをぐしゃぐしゃにする関係は、もう半年ばかり続いていた。財津はともかく、あの使えない犬っコロみたいな菊池にまで、この身体を好きにさせているのだから、辻自身信じがたい。もっとも、菊池にはまだ全部は許していない。具体的にいうと、辻とアナルファックできるのは財津だけである。菊池のデカチンなど、突っ込ませてたまるかと思っていた。ケツが壊れたらどうするんだ。

「いいから、酒よこせって」

「今、差し上げます」

財津がグラスに唇をつけ、酒を含んだ。そのままベッドに乗り上がってくるのを見て、辻は財津の意図を察する。ここに来た以上、当然の流れだ。枕に背中を預けて、腕を伸ばそうかと少し考え、結局やめた。サービスしすぎだろう。この身体を好きにはさせてるが、べつに喜んで応じてるってわけでもない。ただ脱力して待っていると、財津の右手が辻の後頭部を支え、左手に顎を掬われる。

財津の顔が近づく。

眼鏡が当たらない角度で、口づけられる。

舌で柔らかく押されて、辻は唇を薄く開いた。隙間からウイスキーが流れ込んできて、一瞬冷たく、けれどすぐにアルコールは熱くなる。口の中で少し遊ばせてから、飲み下す。たいした量ではないのでもの足らない。もっとよこせ、という意味で財津の下唇を軽く噛むと、どう誤解したのか、より深く唇を合わせてくる。

「……ん、おい……」

軽く抗ったが、許されなかった。

上半身がずり下がり、頭がシーツにつく。財津の両手は、辻の両手首をベッドに縫い止めていた。結構な力で手首を握りしめられ、血流の滞りを感じる。インテリぶった弁護士だが、実のところ筋力も腕力も、そのへんのチンピラを凌ぐことは辻もよく承知だ。

だから勝手にやらせておく。仕方あるまい。ベッドの上で主導権を持つのはこの男だ。そういうルールなのだから。

財津はキスの好きな男だった。

キス以上のことも無論大好きだろうが、ことにキスが執拗だ。おまえのキスはねちっこい、と苦情を申し立てたら、反省するどころか喜ばれた。財津の持論によると、キスほど暴力的な愛情表現はないという。互いを食らう一歩手前の行為だから、だそうだ。なるほど、考えてみれば、辻も女たちにわざと粗暴なキスをしたことがある。

そうすると燃える女が一定数いたからだ。食べられちゃうみたいで、感じるの……と話してくれた女もいた。

いわゆる、被虐的な快楽。

それが、男である自分の中に存在すると認めるのは抵抗がある。できれば自分は女の上に乗っかって、征服感と嗜虐感を快楽とする立場でありたい。極道の世界では、『男』であることが重要視を超え、神聖視されていると言ってもいいほどだ。

男は強いもの、男は支配するもの、男は、男なら、男なのだから――。

「……っ」

熱い舌に口蓋を辿られ、吐息が乱れる。

財津の手が辻の拘束をやめて、髪を撫で始めた。小憎らしい弁護士は、辻の性感帯を知り尽くしている。口内すらもだ。しばらくくすぐるように動いてから、今度は強く舌を絡めてくる。息苦しさを覚えて、辻の口はさらに開いた。溢れた唾液が口の端から顎に流れ、耳の下を流れていく。その感覚に、ぞわりと背中が震える。あまりに明確な悦楽に、反射的に財津の身体を押しのけようとしてしまう。

「良典」

僅かに離れた唇が、怖いほどに優しく下の名を呼ぶ。

「じっとして。動かなくていい。気持ちよくしてあげます……」

明け渡しなさい、と囁かれた。

甘い命令形のセンテンス。

脚だけではなく、気持ちを開けと、よりによって辻に命じる不遜な男。

プライドと快楽、どちらを取るべきなのか。この爛れた関係が始まった当初は、辻も多少は逡巡した。男としてのプライド、ヤクザとしてのプライド……だが、結局のところそれは、自分にとってさほど重要ではなかったらしい。思っていたよりもずっとあっさり、辻は財津の罠に嵌まった。仕掛けられた罠が、自分の足首に刃を食い込ませる感覚すら、ある種の快楽があった。自分が快楽に弱い人間だということは承知していたが、ここまでとは知らなかったと、自嘲したほどである。

もしかしたら、辻にはプライドなどないのかもしれない。

プライドだの面子だの、そういったものを後生大事にする極道世界に、どこか違和感を得ていたのは、今に始まったことではないのだ。だいたい、たかがヤクザ者のプライドにどれほどの価値があるというのだ。義理は立てるし、人情は理解する。だが面子はピンとこない。おそらく自分は、極道としては風変わりなタイプなのだろうと、自分でも思う。『男としての面子』だの『男なら腹をくれ』だの、そういった決まり文句を使うこともあるが、ただの合い言葉みたいなもので中身はスカスカだと知っている。

「……快(よ)く、しろよ」

だから、平気なのだ。

こんなふうに、自分でバスローブの裾を割って、素足を男の腰に絡ませるのも平気だ。プライドより快楽を優先させたい。……いや、もしかしたら、そうすることこそが、辻のプライドの在処なのかもしれない。

「すげえ快くしろ。俺が思わずケツ振って、あんたにおねだりするくらいに」

俺が気持ちいいことが、一番大切じゃねえか——という、風変わりな矜持。

「想像しただけで滾(たぎ)りますが……まだ拓也が来てません」

「いいじゃねえか」

ぐい、と脚で財津を引き寄せる。

「しかし、拓也にも参加権はありますから」

「……あいつ、このあいだ夜中の事務所で、いきなりサカったぞ」

「…………」

財津の眉がピクリと動く。

「すんません、すんません、我慢できません、とか言いながら、俺のことソファに押し倒しやがってな？　まあ、鍵もかけてあったし、仕事場でそういう展開はそれなりに刺激があるってもんだ。少しならつきあってやるかとしゃぶらせてやったんだが、俺が出したあとで、あの野郎、自分もしてほしいとか言い出した」

「………したんですか？」

「なんで怖い顔すんだよ。今までだって、そういうことはあったろ。つか、あんたが俺にいつも言ってんだぞ？」

――拓也のを口で可愛がってあげて。

ベッドの上でそう命じられ、蕩けたような意識の中で、辻はそれに従うのだ。

「私の采配の中でならいいんですよ。主導権は私にあるというのがルールです。あなたと拓也がふたりでいる時に、そういう展開はひっかかりを感じますね」

「勝手な奴だな」

「指揮者とはたいてい我が儘なものです。それで？」

辻は顛末を話した。

まあ、勃っちまったもんはしょうがない、さっさとすませるかと菊池をソファに座らせて、それを咥えた。

菊池のはでかい。本当にでかい。迷惑なほどにでかい。

欧米の裏モノで笑えるほどでかいイチモツをよく見るが、あのレベルが日本人にもいるとは驚きだ。通常時のサイズもでかいし、膨張率も半端ない。

女にさんざん舐めさせてきた辻だが、自分がするようになってからはまだ半年だ。

けれど人間の適応力とはたいしたもので、すでにコツを掴みつつあった。基本的に、自分が気持ちいいと思う動きをすればいいので、心理的抵抗すら乗り越えれば、そう難しいワークではない。

ただし、菊池のものは大きすぎるので、顎がやたら疲れる。

「普段は早漏気味のくせに、その時の奴は妙に頑張っててな。こっちは顎関節がカクカクしてきて、いいかげんヤになったんだよ。だから、もうしまいだって離れようとしたら」

——そんな、だめです。いやです、もうちょっとなのに……辻さん……ッ！

すっかり興奮した菊池は、あろうことか辻の髪を掴んで、頭をガクガクと揺さぶり出したのだ。もちろん辻は抵抗しようとしたのだが、菊池の脚のあいだにいるという体勢では、思うように動けない。長大なモノに喉の奥を突かれ、苦しさに涙がこみ上げるどころか……。

「吐いたぞ、俺は」

「え」

「ゲロった。夜食にしたカルビ弁当が逆流した。あれな、下手したら喉に詰まらせて死ぬぞ。仮にも辻堂組の頭ともあろう俺が、舎弟にイラマチオされてゲロ吐いて死ぬなんて、そんな末路があってたまるかよ。百人の女に刺されたほうがましだ」

「それで拓也は……」

「殺そうかと思ったが、奴を殺したら床掃除する奴がいなくなるからな。死ぬほど蹴飛ばして勘弁してやった」

菊池は無抵抗のまま蹴られ続けた。身体を丸め、「すんません、すんません」と泣き声を上げながら、それでも逃げることはしなかった。当然だ。逃げたら脚を折ってやるところだ。

「先生、甥っ子をもっとちゃんと躾けとけ」

「申しわけありません。……お詫びに、とりあえず私がご奉仕を」

財津の手が、バスローブの結び目をほどく。

胸を開けて、恭しく鳩尾(みぞおち)に口づけた。そのまま唇を下方向に滑らせ、臍(へそ)の窪みでチュッと音を立てる。くすぐったくて、辻は笑う。

膝を立てさせられた。

無意識に舌舐めずりした時、玄関の鍵が解錠される音が聞こえる。菊池がやって来たのだ。

すでに絡み合っている辻と財津を見て、お預けを食らった犬のような顔をするに違いないと、辻は喉奥で低く笑った。

2

「の、の、の……っ、野々宮（ののみや）レン、といいますッ」

風の音をさせそうな勢いで頭を下げ、その青年は言った。しばらく頭を下げたまま固まり、やがておずおずと上げる。一瞬辻を見たが、すぐに視線を床に落とす。

痩せた身体に、妙に長い手足。

頭が小さく、背はさほど高くない。まだ痣の残る顔だが、腫れはほとんど引いていた。ぱっちりと大きな目がよくわかる。日本人より彫りが深く、かといって西洋人の立体感とも違うことから、東南アジア系の混血（ダブル）が考えられる。フィリピンか、タイあたり。いっそ『可愛い』という言葉を使いたくなる童顔で、半グレっぽさなど感じられない。髪こそ染めてはいるが、それですら、レンにできる精一杯の虚勢としか感じられなかった。

「こいつ、十九だそうっす！」

やたらとビクついているレンの横で、なぜかやたらと得意顔の菊池が言った。

「オヤジはいなくて、かーちゃんがフィリピーナで、でも早くに死んじまってて、施設で育ってて、中卒で……」

「うるせえよ、菊池」

「あ、ハイ。すんません」

「おまえ。レン、か。自分でちゃんと話せ」

「は、は、は、はいっ」

上擦った返事をするのは、数日前、辻が助け、名刺を渡したあの青年だ。

「そそそ、その節は、つっ、辻さんに、たた、助けていただいて、ほっ、ほんとにあり、あり、あり、ありが……」

「ストップ」

あまりのつっかえっぷりに、辻はいったん止めさせる。社長室という名目で使っている部屋の、壁際に据えた高級ビジネスデスクの革椅子に腰掛けたまま、右手を軽くクイクイと動かしてレンを呼んだ。レンは戸惑っていたが、菊池に小突かれて、デスクを挟んだ、辻の前に立つ。

「まず深呼吸しろ」

そう言うと、素直に従い、大きく息を吸って吐く。深呼吸ができるということは、肋骨が折れてはいなかったらしい。

「よし。吃音症あんのか」

「しっ……施設で、そう言われたことが……。けどっ、きっ、緊張した時だけ」

「そうか。べつに急いでない。ゆっくりでいい」

そう言ってやると、硬かったレンの表情が変化した。辻に対する信頼感が強くなったのがわかる。もちろん、辻はそれを意識して喋っているのだ。人間は、自分のコンプレックスに対し寛容な人間に心を開く。ことに弱者はその傾向が強い。

「それで？　こないだの礼でも言いに来たか？　律儀だな」

「そっ、それもあるんですけど……」

「ウチの事務所に出入りしたなんてバレたら、おまえヤバイだろうに」

辻の言葉に、レンはコクリと頷く。

次の瞬間、床に膝をついたかと思うと、辻の視界からレンが消えてしまう。

「おい？」

「お、お、俺をッ、辻さんの舎弟に、してくださいッ！」

辻は両手をデスクに突き、身を乗り出してレンを覗き込んだ。予想していたことだが、土下座である。視線を上げて菊池を見ると、なにやら感慨深そうにウンウンと頷いている。そういえば、菊池も以前こんなふうに、土下座して辻の舎弟になりたがったのだ。

「おいおい、やめろ。俺はそういう泥くさいの嫌いなんだよ」

「えッ、辻さん、土下座嫌いなんすか！」

菊池が驚いたことに、辻は驚く。

「おまえ、通算六回土下座して、五回まで俺に蹴られただろうが」

「そういえば……そんなこともあったような……」

結局六回目の土下座で、とりあえず雑用係として事務所への出入りを許した。辻としては頭の悪い舎弟は御免だったのだが、和鴻会長からの口利きがあったこともある。終わりよければすべてよしなのか、五回蹴られた記憶は菊池の中にはないらしい。ある意味、呆れるほどのポジティブさだ。

「顔上げろ。そういう芝居がかった真似を俺にしても意味ねえぞ」

「お、お願いしますっ！　俺を使ってください……！」

「やめろっつーの。櫛田さん、こいつなんとかしてください」

物静かに見守っていた櫛田が、頭を擦りつけているレンのそばに寄り、優しく肩を叩いて「ほら、立ちな」と声を掛ける。自分の肩に置かれた櫛田の手に、小指が足りないことにレンは一瞬ぎょっとして、それでも「すみません」と小声で謝り、よろよろ立ち上がった。

櫛田はレンを部屋の中央にあるソファに座らせる。

この部屋は接客スペースとしても使われるので、ソファセットがひと揃いあるのだ。

辻も移動して、レンの前に腰掛ける。

「まあ、話くらいは聞いてやる」

「あ、ありがとうございます……」

「辻さん、レンは今の仕事から抜けたいんです。カタギのジジババばっか騙す詐欺集団でこき使われて、あげくにこないだみたいなリンチ受けて、そういうのがもうイヤでウチに……」

「うるせえって言ってんだろ。てめえは殴られなきゃわかんねえのか？」

じろりと菊池を睨み上げると、姿勢を正して「すんません」と詫びる。シッシッと右手を払い、部屋から追い出した。辻がレンに名刺を渡したことをブツクサ言っていたくせに、いつのまにつるむようになったのだろうか。

「き、菊池さんは、いい人ですね」

「あのな。ヤクザがいい人でどうすんだよ」

「そ……そうなのかもしれませんけど……いい人です。あの、俺、先週末、この事務所の前をウロウロしてて……その時、菊池さんに声かけられて……」

——てめー、このあいだの奴だな？　ウチになんの用だよっ。ちょっと辻さんに優しくされたからって、つけあがるんじゃねーぞっ。

と、最初はけんか腰だった菊池だが、レンの生い立ちや現状を聞くうちに、同情してしまったらしい。まあ、ヤクザなんかになる人間は、大概ろくな育ち方をしていないわけで、菊池もおそらく似たような……いや、どうだった?

そういえば、辻は菊池の生い立ちをよく知らないのだ。

実家は都内で、高校中退。確か父親は死んでいて、母親は……? 考えてみれば、伯父である財津が弁護士になっているのだから、それほど悲惨な家庭環境ではなかったのかもしれない。だからなのかいまいち詰めが甘く、恵まれた体格をしているのに、ケンカの時も及び腰だ。気持ちで負けている節がある。

「菊池さん、俺を居酒屋に連れて行ってくれて……俺たち、辻さんがカッコイイって話ですげえ盛り上がって……菊池さんから、辻さんの武勇伝を夜中まで聞いて、店が閉まったら菊池さんのアパートに連れて行ってくれて、泊めてくれて……」

――レン、おまえ、ウチの組に来いよ。すぐには構成員になれねーけど、何年か下働きさせてもらって、おまえがちゃんと辻さんに尽くせば、きっと盃もらえるよ。

「あのバカ、そんなこと言いやがったのか」

「はい。俺……嬉しかったです。来い、って言ってもらえて……」

「だからってヤクザになろうってのはどうかと思うぞ。俺が言うのもなんだが、この業界は先がねえ。可愛い顔に生まれたんだから、ホストでもやりゃいいだろう」

「黒服、やったことあるんですけど……俺、き、緊張すると、どもるし……酒も、ほとんど飲めなくて……無理して病院に運ばれたことあって……」

「急アルかよ。そりゃ、ホストは無理だな」

辻が煙草を咥えると、背後に立っていた櫛田が火をつける。一服しながら「で？」と辻はさりげなさを装って「おまえ、今なにしてんだ？」と聞いた。

「……以前は【出し子】してたんですけど……今は名簿の【練り】やらされてて……」

「名簿の……なんだって？」

「【練り】です。うちの事務所ではそう言ってます。名簿を練り上げるっていう意味で……名簿屋から買ったリストにあるターゲットを、徹底的に調べ上げるんです」

「国勢調査騙って電話するってアレか？」

「いえ、最近、国勢は電話しないっての広まってきちゃったんで……俺らは、直接ターゲットんとこに行くんです。ここんとこは、貴金属や着物の買取業者のフリして上がり込むってやつで……」

レンは説明した。言葉選びは稚拙だし、ときどきつっかえるものの、話の筋立てはきちんとしていて、地頭が悪くないのがわかる。

『押し売り』ならぬ『押し買い』という言葉がある。個人宅を訪問し、古い貴金属や着物を「高値で買い取ります」と説明し、実際は市場価格以下で買い取っていくのだ。

その場で現金を出せばまだいいほうで、中には「査定してからご連絡します」と、物品だけ奪い取っていく連中もいる。狙われるのは、主に高齢者のひとり暮らしだ。

だが、レンたちがしているのは、この『押し買い』ではない。

「査定っぽいことはしますが、実際の買い取りは相手が乗り気にならない限りしません。俺たちの目的はそこじゃなくて……」

「情報収集」

こくん、とレンは頷き、悲しげな顔をした。感情がすぐに顔に出るタイプであり、詐欺には一番向いていないだろう。

「いつもひとりでいるばあちゃんとか、だいたい寂しがり屋だから……なんでも喋っちゃうんです。家族構成、息子の会社、孫の学校に幼稚園、趣味のサークル活動……特に俺、なんか年寄りを安心させる顔らしくて……」

そこか、と辻は納得する。

レンの利用価値は、高齢者に心を開かせるところにあるわけだ。誰がリーダーなのか知らないが、えげつないことしやがるぜ、と心の中で毒づく。

「晩メシご馳走してくれるばあちゃんまでいたりして……そんで、嬉しそうに俺にメシ食べさせながら、どんどんいろんなこと喋っちゃうんですよ。去年トイレをリフォームしたとか、一昨年買った羽布団がもうへたってきちゃったとか……そういうの、報告するのが俺の仕事なんです。訪問販売で羽布団買ってる老人なんて、超おいしいターゲットなんですよ……詐欺って、一度ひっかかったら『おかわり』されるんです。騙されやすいってレッテル貼られて、どんどん毟り取られるんです。なのにばあちゃん、ヘタしたら帰り際に、俺にこづかい渡そうとしたり……アタシの退屈な話を聞いてくれたお礼だよって……」

耐えられなくなった、とレンは俯いた。

抜けたい、と【リーダー】に話したと言う。

「俺のいる【カイシャ】は、一番上に【番頭】がいて、この人は基本、集金に来るだけです。俺たちに具体的な指示を出すのは【リーダー】で、その下に数人がついてチームになってて……こないだ、俺を蹴ってたのは同じチームの奴です。たぶん、【リーダー】の命令で……」

「途中で抜けるのは許さねえ、ってか？」

「……一応、契約期間てのがあって……」

「犯罪集団がなに言ってやがんだか。おまえ、連中に借金は」

「ありましたけど、最初の半年のただ働きでチャラになってるはずです」

ならば今は金をもらっているということか。その額を聞いて、辻は軽く驚いた。なるほど、詐欺に走る若い奴が多いはずだ。菊池の稼ぎなど、その半分以下だ。

「金は……大事だし、欲しいですけど……けど、もう無理です。年寄りは金持ってんだからいいじゃねーか、って仲間は言うんですけど……俺、ダメなんです。母親が死んだあと、近所のばあちゃんが面倒見ててくれた時期があって……すげえ優しくしてもらって……だから年寄りはほんとダメなんです」

「で、詐欺から足を洗って、うちの組に入ろうかって？」

「……はい」

「組に入っておけば、足抜けしても報復されないだろうって？」

「ち、違いますっ」

レンは慌てて顔を上げ、辻を見て言った。

「そ、そういうんじゃなくて……俺は、たまたま助けてもらっただけだけど……あの時の辻さんが、マジでかっこよくって、惚れ惚れするって、きっとああいう気持ちで、年寄り騙し続けて心が死んでるみたいになってたのに、ときめいたっていうか、ドキドキしちゃって……」

「はあ？　なに気色悪いこと言ってんだよ」

「でも、本当なんです！　ほんと、目に焼きついて……なんか、うまく言えないんですけど、あの時の辻さんのこと、何度も何度も思い出しちまって……！」

「はいはい、落ち着けって。……櫛田さん、なに笑ってんですか」

軽く首を捻って後ろを睨むと、櫛田が「モテますね、頭」とクスクス笑っている。

冗談じゃない、これ以上野郎にモテてどうするんだ。

「レン。おまえんとこの【番頭】はどんな奴なんだ？」

「タナカさん、って呼ばれてますけど、本名かどうかも……」

「まあ、偽名に決まってるわな。外見（みてくれ）は？」

「普通……です。詐欺に関わってるとか、ぜんぜん見えません。服装も、髪型も、全部普通で……俺たちも、派手な恰好したりするのは禁止されてますけど……」

犯罪実行中に目立つことは、詐欺集団にとって命取りだ。そのへんは、下手なヤクザより厳しい規律があると聞いたことがあった。

「若いのか？」

「俺よりは上でしょうけど、まだ若いです。小柄で、眼鏡かけてて……わりとよく笑いますけど、キレたらヤバイらしいです」

「ふーん……そいつの写真とか、ないよな？」

「ないです、ないです」

早口で、どこか怯えたようにレンが即答する。

「そんなもの持ってたら、超ヤバイです。写真なんか撮れるはずないし、そもそも【カイシャ】に来たら、最初にケータイ預ける決まりです。仕事中は触れません」

「そりゃまた厳しい【カイシャ】だな」

現場に乗り込むレンのような立場は、場合によっては現行犯で捕まる。だが、レンを捕まえたところで、その上の【リーダー】や【番頭】の情報は得られない。下っ端たちは、下手なことを言って報復されるより、ションベン刑を選ぶだろうし、そもそもたいした情報は持っていないのだ。下から上までがっちり繋がっている、極道とはまるで違う構造である。うまくできてるもんだ、と辻は鼻で嗤った。

「辻さん、俺をそばに置いてください」

再び頭を下げてレンは懇願する。これ以上話を聞いても、情報は引き出せそうにない。上に報告できることはほとんどないが、まあ、最初からさほど期待はしていなかったので落胆もない。この坊やとはこれでサヨナラだ。

「無理」

淡々と、現実を突きつける。

「そんな……っ」

縋るようなレンの顔を見ながら、辻は意識的に冷たい声を出した。

「ウチの上は詐欺集団が大嫌いなんだよ。そんなとこにいた若い奴を、この事務所に出入りさせるわけにはいかねえ」

「お願いしますっ、なんでもやりますから……！」

「なんでもやるワンコロはもう、一匹飼ってんだ。こっちの業界は不景気でなあ、余分なお荷物抱える余裕はないんだわ。悪いな」

手の平を返したように素っ気なくなった辻を、レンは呆然と眺めていた。そうだ、これがヤクザだ。一見怖いお兄さんが、ちょっと優しい顔見せて、必要な情報だけ引き出して、あとは知らんと後足で砂を掛ける。

「帰んな。ここに来たことは誰にも言わないでおいてやっから」

立ち上がり、辻は言った。レンは泣き出しそうな顔で首を横に振る。

「俺を使ってください……っ。ただ働きで構わないし、二十四時間働きますから！」

自分のデスクに戻りながら、辻は嗤って「あのな、ヤクザの下っ端はそれがフツーだ」と教えてやる。この業界、ブラックもいいところなのだ。

「つ、辻さんっ」

「櫛田さん、追い出してください」

「はい」

一見普通のオジサンめいた櫛田だが、武道の有段者で、腕っ節は強い。やせっぽちのレンをむんずと掴んで立ち上がらせる。

辻はもう、そっちを見ることもしなかった。こんな素人くさいガキの面倒を見る？冗談じゃない。こっちはそこまで暇ではないのだ。

レンが追い出されると、部屋に菊池が入ってきた。コーヒーの載ったトレイを持ち、ややむくれた顔をしている。コーヒーだけは美味く淹れる菊池なので、デスクの上に置かせた。会釈して退室しようとした菊池だが、どうやら我慢ができなかったらしく、ドアの手前で振り返る。

「なんで、ですか」

くぐもった声がしたが、辻は無視した。

「なんで、レンはだめなんすか。あいつ、本気で詐欺やめたいって考えてて……」

「うちは矯正施設じゃねえ」

「それに、辻さんのためなら、きっとなんだって……」

「うるせえぞ。コーヒーぶっかけられたいのか？」

「けど……」

まあまあ、と櫛田が菊池の前に立つ。あと数秒遅かったら、辻は本当にコーヒーカップを菊池に投げつけているところだ。下っ端が口を出すなど百年早い。

「あのレンって子は、極道になるには優しすぎるんだよ」

櫛田が菊池に言って聞かせる。

「ガタイだって、おまえみたいにいいわけじゃない。それにまだ十九なんだろ。やり直しのきく歳だ。だから辻さんは追い返したんだ」

「けど……あいつがここに来たのバレたら、今度こそマジで骨の二本や三本……」

「そりゃ、あの子だって覚悟の上だったはずだ。連れてきたおまえだって、同じじゃねえのか？　そうじゃないとしたら……菊池、てめえの覚悟が足りない」

　櫛田の言葉に、菊池が固まる。思い当たる節があるということなのだろう。さすがに櫛田は、下の人間をよく見ている。

「だいたいな、詐欺集団もクソだが、ヤクザだって似たようなもんだ。クソからクソにお引っ越ししてどうする。ばあさん騙すのがいやだという真っ当な感覚があるうちに、肥（こえ）だめじゃない場所に行ったほうがいい――辻さんは、そう思ってあの子を拒絶したんだ」

　そして困ったことに、上のこともよく見ている。

「そういう辻さんの配慮を、おまえはてんでわかっちゃいねえ。単に自分と同じように辻さんに心酔してる仲間に会えて、しかもそいつが自分より下っ端になるかもしれないと思って、浮かれたんだろう？　そんな単純な問題じゃねえんだ」

「……す……すんません……」

「そもそも、いまだお茶くみと雑用しかできないてめえが、口を挟める問題じゃねえだろうが。まったく……財津先生の甥っ子だからって、図に乗ってるなら仕置きしなきゃなんねえぞ？」

「そ、そんなことないです！　せ、先生は関係なくて……本当にすんませんでした！　俺が考えなしのバカ野郎でした……ッ！」

「うん。わかりゃ、いい」

ぱんっ、と軽く菊池の背中を叩き、櫛田が笑う。

櫛田が諭してくれたおかげで、辻はコーヒーを無駄にせずにすんだ。助かるぜ、と思いながら、濃いめのブレンドを啜る。

深々と頭を下げ菊池が退室すると、辻はデスクに肘をつき「やになるな」と呟く。

「辻さん、菊池も理解したようなんで……」

「菊池じゃない。櫛田さんですよ。俺が考えてることいちいちお見通しじゃないですか……なんかこう、こっぱずかしくなっちまう……」

両手で顔を覆いながら言うと、櫛田が「頭の考えてることを理解するのが、自分の役割ですからねぇ」と笑って答える。

「ときどき、なにもわかってなかったガキに戻った気分になりますよ」

「ガキの頃から、頭はいろいろわかってましたよ」

「ぜんぶ櫛田さんが教えてくれた」

「教育係でしたから」

「結構、殴られましたけどね」

顔から手を外して言うと、櫛田が肩を竦めて「言って聞かないやんちゃ坊主は、多少殴りませんと」としれっと答える。確かに、かつての辻は今の菊池とはまた別の意味で厄介な下っ端だった。頭が切れて弁も立つが、それだけに生意気な怖いもの知らずで、櫛田だけではなく、あっちこっちの兄貴分に拳を食らっていた。

「今思えば、ちゃんと手加減されてたんだよな……」

ほかの兄貴分に食らうより、櫛田の拳はダメージが小さかったのだ。

アクションはわざと大きくしていたのだろう、パッと見はわからない。辻が失言をするたびに、誰より早く辻を殴って、結果として辻のダメージを軽減してくれていた。今の辻はそこから学び、同じように加減をして菊池を蹴っているわけである。

「扱いにくい小僧でしたが、可愛い弟分でしたからねえ」

「今でも可愛いでしょう?」

「おお、怖い。頭に向かって可愛いなんて言ったら、肝臓蹴られちまいますよ」

目尻の皺を深くして、櫛田が笑う。小さいながらも組を任せられた辻にとって、こんなふうに軽口を交わせる相手は、今や櫛田くらいしかいない。長い年月に培われた信頼関係がある。

財津も辻に対して軽口を叩くが、あのエロ軽口はまた別だ。財津が辻との関係をバラすことはないだろうとは思う。だがそれは信頼がどうの、ということではない。

そうなった場合、財津にも損害が大きいからだ。当然、クライアントを失うことになるし、同時に社会的信用にも傷がつく。あれでも士業なわけで、最初から社会的信用など皆無である辻に比べて、失うものが大きすぎる。それがわかっているからこそ、辻はあの変態弁護士との関係を続けているわけだ。

「櫛田さん、さっきのガキですが」

「ええ、家（ヤサ）を調べて、しばらく若いのを貼りつかせておきましょう。あんな細っこいのがまたリンチされたんじゃ、今度こそ死んじまうかもしれない」

またしても腹の中を読まれ、辻は苦笑するしかない。「頼みます」と言った時、スマホが鳴った。発信者を確認してすぐに出る。

「辻です」

『すぐ来い』

たった四文字のあとに、ぶつんと切れた。

スーツの内ポケットにスマホをしまい、辻は「出かけます」と立ち上がった。

「会長（オヤジ）のところです。菊池に車を回させてください」

「わかりました」

櫛田はそう答えたあと、僅かに躊躇（ためら）いを含んで「……トラブルですか？」と聞いた。

辻はスーツのラペルを軽く引いて整えながら、

「ちょっとヤバそうです」

と苦笑いで答えた。

和鴻家の玄関でその靴を見つけた時、いやな予感がした。ピカピカに磨かれた濃茶のジョンロブ……ここに出入りする男で、こんな靴を履く奴はひとりしかいない。

「よう。伊達男」

そいつが廊下に姿を現した。どうやらトイレに行っていたようだ。

「叔父貴。ご無沙汰してます」

辻は三和土(たたき)に立ったまま頭を下げる。菊池は車で待たせているので、ひとりだ。

「相変わらずいいスーツ着てるじゃないか。ゼニアか？　ブリオーニ？」

「ほんの安モンですよ。俺は叔父貴ほど洒落者じゃないですから」

「よく言うぜ。和鴻連合イチのモテ男が。おまえもなあ、俺みてえな寸詰まりに生まれてみろよ。必死にシャレても、たいしてモテない人生の悲しみを味わえるぜ？」

神立克也は自嘲に顔を歪めた。

確かに短軀だ。おそらく一六〇センチないだろう。この男は和鴻会長の弟分にあたり、辻からいうと叔父になる。和鴻連合会の幹部なのだが、ここ数年の評判は芳しくない。まだ五十そこそこなのに、考え方が古くて機転が利かず、当然シノギはうまくいっていない。そのくせ着道楽で女好きなのだ。もっとも、女たちのほうはしつこくてスケベな神立が嫌いである。辻もあちこちの女から、よく愚痴を聞いている。

「とんでもない。今も叔父貴の素晴らしい靴に見とれてました」

作り笑いで、思ってもいないことを言ってみる。

「そうか。じっくり見せてやりたいとこだが、今は兄貴が待ってるからな。おまえも早く来い。……なあ、辻。神様ってのはいるもんだな?」

「はい?」

「悪いことはできねえ、って意味だよ」

ニタリと、どこか下卑た笑みを見せ、神立は廊下の奥に消えた。

この厄介な男は、以前から辻を嫌っていた。理由はいくつでもある。辻が頭が切れて、女にモテて、組織に充分な金を回しているため評判がいいからだろう。辻が呼び出された今、神立がここにいるのが偶然であるはずがない。

これは、本当にまずいかもしれないなと辻は溜息をついた。

神立が、目障りな辻を罠に嵌めた——というのならば、なにがしか回避の手段はあるだろう。神立程度の頭でたいした策を考えつくとは思えないし、辻は和鴻会長に信頼されている自信がある。辻は会長に拾われ、櫛田に育てられたのだ。そんな相手を裏切ろうとしたことはない。

……と、言えればいいのだが。

「辻です」

客間前の廊下で正座をし、声を掛ける。

いつものおおらかな、入れ、という声がない。その代わりに襖だけが開いた。内側から開けたのは神立だ。さっきまでのにやついた顔は消している。

辻は客間に躙り入って、下座で落ち着き、深く頭を下げた。言葉は発しない。そういう雰囲気ではなかったし、もしこの展開が辻の予測どおりならば、なにを言ったところで火に油となるだけだからだ。

どれくらい沈黙が続いただろうか。

のしっ、と和鴻が立ち上がった。

普段素振りに使っている竹刀を手にしている。床の間に飾ってある真剣でないだけマシと考えるべきだろう。和鴻はすでに六十三という年齢だが、いまだ週二回は剣道の稽古を欠かさない。さして背は高くないが骨太の身体に、大島紬を纏っている。

畳を軋ませて辻の前まで来ると、写真の束を叩きつけてきた。もろに顔に当たったが、辻は無言のままで目を伏せるだけだ。

写真が畳に散る。

すぐに隠し撮りとわかるアングル。場所は覚えのあるホテル。

写っているのは辻と若い女だ。

やっぱりな、という展開なので驚きはしない。が、焦っていないわけではなかった。正直、思考停止しかけるくらい焦っていた。だがここまで証拠が揃っているとなると、どう言い訳をしても成り立つはずがない。約半年前までの、自分の悪い癖を恨むしかないではないか。

辻の唯一の欠点――つまり、女癖の悪さだ。

女たちを弄ぶことはない。弱みにつけ込むこともしない。お互いの合意の上で楽しくセックスするだけだし、誰かひとりに永遠の愛を誓うなどという愚行もしない。ただ、いささか手あたり次第という傾向はある。かつ、刺激とスリルを求めるタイプなので、障害のある相手のほうが燃える。写真の中で辻にべったりくっついているのは、中でも一番スリリングな相手だった。

つまり、和鴻の娘だ。

名前はえみり。まだ大学生である。

遅くにできた愛娘で、目の中に入れても痛くないというありきたりな文句がぴったりくるほどの親バカぶりは、辻もよく知るところだった。

犬の鳴き声が聞こえる。庭からだろう。愛玩用ではなく、番犬として飼っているドーベルマン二匹――さすがの辻も背筋が寒くなった。抗争で流れ弾に当たる死に方は想像したこともあるが、ここで犬にタマを食いちぎられてショック死するというのは、それよりだいぶひどい。

「……てめえを信じてたんだぞ」

怒気を孕んだ声が頭の上から聞こえてくる。

辻は畳に手をついて、再び頭を低くした。いつ竹刀を食らってもいいように、背中と顎に力を入れておく。

「なに黙ってやがる。言うことはねえのか、辻」

「申しわけありませんでし……」

た、までは言えなかった。

肩から背中に衝撃が走り、身体がガクンと沈む。

「…………っ」

痛みに呼吸が止まり、声が出ない。みっともない呻き声すら出なかった。ぶわりと全身の毛穴から汗が出るのを感じる。

「信じてたのによ……飼い犬に手を噛まれるほうがまだマシだ。俺の腕くらいならおまえにくれてやったってよかったさ。娘に……手をつけられるよりはな……！」

辻は平身低頭し、額を畳につけたまま耐えた。暴力のコントロール……このあいだつらつらと考えていたことを思い返す。和鴻は辻の背中を打ったが、頭部を狙いはしなかった。つまり、まだ自身の暴力性をコントロールできているのだ。

ならば、殺されることはないだろう……と、辻は痛みの中で結論づける。

「まあまあ、落ち着いてくださいよ、兄貴」

神立の声だ。

「俺だって、事実を知った時には驚きました。可愛いえみりちゃんを辻に弄ばれたお気持ちはよくわかりますが……それでもこいつは、和鴻会にとっちゃ、まだ必要な男ですし」

哀れみを装った蔑み――辻の胸の内に怒りが渦巻く。どうやって調べたか知らないが、こいつが告げ口をしやがったわけだ。リークされたことへの怒りもあったが、同時に、こんなヘボ野郎に見つかった自分への怒りも大きかった。よりによって、神立にばれるとは。

「……辻」

呼ばれて、顔を上げた。

和鴻のこめかみに、血管が浮いている。俺のせいで血圧を上げちまったなと、辻は変なところで反省をした。えみりと寝たこと自体は、べつに悪いとは思っていないのだ。そもそも、誘いをかけてきたのは向こうである。はっきり『辻さんとセックスしたいの』と請われたし、そこまで言った女に恥をかかせるわけにはいかないとも思った。ただ、それを親の前で口にするほど、辻は腐っていない。

立て、と命じられて従う。

立ち上がった途端に、顔面に一発食らった。

竹刀ではなく、拳だ。覚悟はしていたので、ふっ飛ばされることはなかったが、数歩よろけた。鼻から血が流れる。畳を汚さないように、辻はグッと顎を上げて姿勢を正す。今は殴られることが仕事だ。オヤジが殴りやすいように、顔を上げていなければならない。

視界の隅に神立が入る。和鴻に知られないようにやつき、こっちを観察している。日頃は辻に甘い和鴻が激昂しているのが、楽しくてたまらないようだ。

二発目はさらによろけて、壁にぶつかった。足を蹴られて、膝を折る。今度は蹴りなのかと思って、そのまま座していた。あんまり菊池を蹴りすぎてバチがあたったかな……などとくだらない考えが浮かぶのは、痛みからの逃避なのだろうか。

「兄貴、とりあえずそのへんで」

神立が止めたのは辻を思ってのことではない。早く話を進めたいだけだ。あわよくば辻が管轄しているシノギのひとつやふたつ、持っていこうという腹なのだろう。せっかく軌道に乗せたビジネスを、このクソ野郎に奪われるのかと思うと腹立たしい。

和鴻が肩を怒らせたまま、上座に戻ってどすんと座る。

辻は血で汚れた鼻から下を手の甲で拭い、さらにその手をスーツで拭いた。自分がどんなに汚れようと、オヤジの家を汚してはならない。

「申しわけありませんでした」

謝罪を繰り返す。今日の自分が口にしていい言葉はこれだけだ。

「辻よう、おまえは本当にバカな奴だな……いくらえみり嬢ちゃんが可愛いからって、見境がなさすぎるぞ？」

煽るような神立の言葉には無反応を決め込む。

「いい気になってるからこういう始末になっちまうんだ。いいか、辻。てめえはな、一番やっちゃならねえことをした。それは極道として、いや、人として最も最低なことなんだ」

うっとうしいオッサンである。最も最低なのはあんたの語彙力だよ、と思いながらも辻は口を噤んでいた。

「なんなのかわかるか？　つまりそれはだな」

そらぞらしいお説教を続ける神立の声に、和鴻の言葉が重なった。

「そう。つまり結婚……………え？」

神立がアホ面を晒し、辻も思わず目を見開く。上座の和鴻はあくまで真剣な顔で、もう一度繰り返した。

「えみりと結婚してもらうぞ、辻。それが唯一、てめえの取れる責任だ」

「……オヤジ、それは」

つい自戒を破って、謝罪以外の言葉を口にしてしまった。和鴻は「なんだ、文句あるのか」と不動明王のように睨んできたが、それでも辻は続ける。

「それは、えみりさんが可哀想です。自分のようなオッサンとじゃ……」

「俺と女房ほど離れちゃいねえだろうが」

「ですが」

「てめえ、えみりじゃ不満だって言うのか」

「とんでもないです。けど確か、えみりさんには堅気のボーイフレンドが……」

彼氏持ちに手を出した件は棚上げして、そう言ってみる。すると和鴻は苦虫を噛み潰したように「こないだ別れたよ。物足りないそうだ」と答えた。

「だからな、てめえと結婚させる。婿にする」

「結婚しろ」

ポカンとしていた神立が我を取り戻し「だ、だめだ、兄貴」と首を横に振る。

「こんな奴と一緒になったら、えみりちゃんは幸せになれねえよっ」

「命かけて幸せにしてもらうさ」

「いや、でも、辻ですよ？　女癖の悪さは天下一品と言われた奴です」

大慌ての様子である。辻を失脚させようとチクったのに、逆に婿入りとなっては大変だと、必死な様子だ。神立の鼻を明かしてやりたいのは山々とはいえ、辻としても結婚は困る。えみりはいいオッパイをした可愛い子だが、愛情といえるものはないし、そもそも自分は結婚そのものに興味がない。

「口を挟むな神立。ケジメってもんが必要なんだよ。いいか、辻、えみりを嫁にしたあとで浮気なんかしてみろ……タマを自分で握り潰させるからな」

和鴻の目は真剣だった。本当に、自分のタマを握り潰す羽目になるかもしれない。そして、それをわかっていても、辻はきっと火遊びをやめられないだろう。それもまたわかっている。

まずい。本当にまずい。

あの写真を見た瞬間から、指の一本や二本は覚悟していたが、これはもっと悪い展開だ。ここでうやむやにしたら、おしまいである。辻はがばりと土下座をした。鼻血がとうとう畳に落ちてしまったが、もうそれどころではない。

「オヤジ、それはできません。自分では、えみりさんを幸せにしてやれません。それがわかっているのに、お嬢さんをもらうことは、できません」

「……じゃあ死ぬか」

和鴻が低く言い、辻の前になにかが投げ出された。僅かに顔を起こして確認すると、床の間の刀掛けにあった大小のうち、小刀が目の前に転がっていた。

「どっちかにしろや。死ぬか、結婚するか」

脇を冷や汗が伝っていく。

冗談じゃない。こんなくだらないことで死ぬ気など毛頭ない。本当に辻が死んだら、和鴻だって困るのだ。今時、死体ひとつ消すのだって手間と金がかかる。だが今は頭に血が上っているうえ、極道である以上、一度口に出した言葉を引っ込めるわけにはいかない。

どうする。

刀を抜いて、とりあえず小指を落とすか？　それで和鴻が冷静さを取り戻してくれれば、死ぬか結婚か、などという二択はなくなるはずだ。指詰めだの彫り物だの、辻の美意識からすると絶対にしたくないのだが……この際仕方ないだろう。

覚悟を決めて、上半身を起こす。まったく、高くついたお遊びだった。

そもそもの綻びは半年前だ。

火遊びの現場を財津に見られ——いや、発端は菊池か。あの下っ端が辻とえみりの関係に気づいたのだ。それを伯父である財津に教えたからこそ、あのホテルに財津がいた。腹黒弁護士は甥っ子まで呼びつけて、辻に3Pを迫り、その淫靡（いんび）で背徳的で危険な関係は、辻もなかなか気にいった。おかげでえみりとの関係はなくなり、もうこれで誰かにばれることもないだろうと思っていたというのに……今頃になってこの始末である。

「お、おい……おまえ、まさか」

すっかりびびっている神立には目もくれず、辻は小刀を手にした。

一度左手に持ち替え、右手で柄（つか）を握る。抜いたら、もう引き返せない。ちゃんと手入れがされているといいのだが——なまくら刀で、なかなか指が落ちないなんてのは勘弁だ。さっくり切れてくれよと祈りながら、小刀を抜こうとした時、

「はいはい、待って待って」

襖が開いて、粋な小紋をサラリと着こなした美女が現れた。

「あー、もう、畳汚してるしー。ちょっと、誰か雑巾持ってきて、ぞうきーん」

場の緊張感が一気に緩まる。住み込みの若いのが小走りにやってきて、美女に「ほら、そこ、そこ拭いて」と指示されると、会釈して客間に入り、ゴシゴシと辻の前の畳を拭く。辻はと言えば、柄に手をかけたままで動けない。

「辻さん、そんな物騒なモン置いて」

「……しかし……」

「置きなさいって。もー、なにこれ、どういう任侠映画？　いやいや任侠にもならないでしょ。娘と寝た子分は死ねやゴルァ、とかさあ、ないでしょ、ないない、そんなのあまりにも」

呆れ顔を隠さず部屋に入ってきて、和鴻の前にシャンと座ったのは寿美玲(すみれ)である。和鴻寿美玲、つまり姐(あね)さんだ。長らく愛人だったのだが、最近正式に入籍したので、新婚ともいえる。

「恥ずかしいでしょ！」

ぴしゃり、と叱られたのは夫、和鴻会長だ。

「す、寿美玲」

「そんなに狭量な親分でどうすんの、トシさん！」

寿美玲とトシさんは、年の差二十歳の夫婦だが、なにしろトシさんは寿美玲に惚れまくっているのでパワーバランスとしては、見てのとおりなのである。

「で、でもな、俺たちの可愛い娘が、えみりがこの女好きのスケベ野郎に穢(けが)されたんだぞ。そんなの許せるわけが……」

「穢されてませんッ！」

キンッと高い声が響き、寿美玲以外の全員が身を竦める。この姐さんの音域はまるでアニメ声優のように高く、特に怒った時は高音域となる。ソプラノ歌手が声でグラスを割れるという話を、辻はいつも思い出す。

「ただセックスしただけでしょうが！　男とやったら穢れるってなに⁉　あんたらのチンコはそんなに汚いモンなの⁉　生物災害（バイオハザード）なの⁉」

「そ、そういう話じゃなくてな……」

「熱湯かけて消毒しようか⁉」

「し、しないでいい。いいけど、でもえみりは嫁入り前で、まだ十九なんだぞ」

ふう、と寿美玲が溜息をついた。前髪の乱れを軽く直しながら「父親なんだから、夢を見させてあげようかと思ってたけど……」と呟く。

「そろそろ限界ね。トシさん、覚悟して。これから現実を教えてあげる。えみりからはあれこれ相談されてたけど……あなたの夢を壊したくなかったから、今まで黙っていたの」

「……な、なんの話だ……？」

「それに、あたしはえみりが悪い子だとは思ってない。多少、奔放な傾向はあるけど……正直、それって私に似たんだろうし」

和鴻の顔に、不安の色が浮かぶ。

縋るような目が辻に向けられたが、辻にできることなどなく、ただ頭を下げるばかりだ。気の毒に……和鴻はこれから、自分の娘がどれほどに自由闊達なのかを……悪くいえば尻軽なのかを、教えられるのだろう。さすがに舎弟や子分の中で、えみりに手をつけたのは辻だけだろうが……いや、どうだろう。もしかしたらもっといるかもしれない。畳を拭いていた若いのが、隅で真っ青な顔になっている。

「辻さんたちは、もう帰っていいわよ」

「いや、しかし姐さん、極道の世界じゃあ、こういうケジメってのはきちんと……」

食い下がろうとした神立に、寿美玲は「極道の世界？」と眉を吊り上げた。

「あたしはねえ、稼業について口を出す気はないわ。でもこれは違うでしょ。家族の問題でしょうが」

それに、と娘とよく似た、色っぽさと怖さの両方を持った眼差しで続ける。

「親分の娘と寝るのも大概バカだけど、身内を売るような密告屋（チクリ）もどうだかね」

その嫌味に、神立はややムッとした顔を見せたが、口答えはしなかった。ただ会釈して立ち上がり、足早に客間を離れていく。

「……お騒がせして、申しわけありませんでした」

辻は改めて頭を下げ、客間を辞した。廊下でいまだ真っ青で震えている若い者に「大丈夫だ。……たぶん」と小さく声をかけてから、玄関に向かう。

えみりは我が儘で欲張りな女だが、情もあるし、頭も悪くない。余計なことをべらべら喋ったりはしないだろう。

和鴻邸を出ると、この寒いのにドッと汗が噴き出した。

菊池は近くの駐車場で待たせている。和鴻は自宅前の公道を黒塗りの車で塞ぐことをよしとしない。車を待ちながら、辻は冬の風に吹かれて安堵した。生きているし、小指もついている。どうやら結婚もしなくてすみそうだ。姐さんが現れてくれて本当に助かったと、心から感謝していた。一服したいところだが、和鴻邸前は絶対禁煙なので我慢する。

「ご無事でなにより」

突然の声に、顔をしかめて振り返った。

「先生？　なんだよ、来てたのか？」

例によって、仕立てのいいダークスーツに身を包んだ財津が立っていた。どうやら、財津も和鴻邸に来ていたらしい。

「ああ、痛々しい……こんなに腫れて……血も……」

「ただの鼻血だ」

「竹刀をもらったでしょう。骨は大丈夫ですか？」

「オヤジは打ち所をわきまえてるよ。……あんた、いつからいた？」

「二時間くらい前からいましたよ。寿美玲さんに呼ばれたんです。ご実家の父上が遺言状を作っておきたいそうで、相談に乗ってほしいと……。別棟のほうにいたので、辻さんが来てることは知りませんでしたが、拓也が電話をしてきてね」

「菊池が？」

車の中で、辻の様子がいつもと違ったことが気になったらしい。こっそり裏庭に回って、客間から漏れる声を聞いていたようだ。和鴻の怒鳴り声が聞き取れた時に、これはまずい、とすぐに財津に電話をしたという。

「なにがこっそりだ。絶対、監視カメラに映ってるぞあいつ」

「辻さんを思っての無謀です。お咎めがないようにしてやってください」

「ちっ、面倒くせえな……。で、あんたは姐さんになんか言ったのか？」

「シンプルに現状をお伝えしました。辻さんが会長に殺されそうです、おそらくはお嬢さんの件で……と」

黒いミニバンが角を曲がってきた。辻たちのすぐそばで停車すると、菊池が「辻さんッ」と叫びながら出てくる。

「よ、よかった……無事なんすね！　ゆ、指は揃ってますか⁉」

ワンワンうるさい舎弟に十本の指を翳(かざ)して見せてやる。ついでにワキワキと曲げ伸ばしをして問題なく動くことも証明してやった。

「よかった……俺はもう……どうなることかと……」

「俺もどうなるかと思ったぜ。変態弁護士先生に電話したのは褒めてやる」

「ありがとうございますっ！」

「変態弁護士先生とは私のことですかね？」

「ほかに弁護士がいるか？」

「いませんね。変態なら三人ともそうだと思いますが」

後部ドアを開ける財津に、辻は「ふたりだろ。俺を一緒にすんな」と返してシートに身を滑らせた。背中の痛みに、少し呻く。口の中もあちこち切れていた。やっと煙草が吸えると思ったのに、パッケージの中身が空だ。

「そろそろご自分の淫乱性や変態性を認めてもいいんじゃ？」

隣に乗り込んだ財津が言いながら、自分の煙草を辻に咥えさせた。以前は違う銘柄を吸っていた財津だが、最近は辻と同じものに替えている。煙草の味よりも辻のほうが優先順位が高いらしい。

「……スケベと言われても平気だが、淫乱はなんかひっかかるな」

「通常、男性には使わない言葉ですからね」

「あんたはどうしても俺を女扱いしたいらしいが、オネエが好きならそういう相手と遊べよ」

「なに言ってるんですか。自分は男の中の男だと思っている相手を快楽で屈服させ、啼かせるのが楽しいんじゃないですか。なあ、拓也？」

「俺は辻さんなら、どんな辻さんでもいいんです。ガチムチでも、オネエでも」

そう答えた菊池が、周囲を確認して車を発進させる。財津は「本当に一途だな、おまえは」と笑ったが、辻としては顔をしかめるしかない。

「辻さん。活躍した私たちはご褒美をもらってもいいんじゃないですかね？」

優しげな顔をしてその実狡猾な弁護士は、微笑んで辻を見た。菊池も運転しながらコクコクとすごい勢いで頷いている。このふたりが欲しがるご褒美がどんなものなのか想像がつく辻は、聞こえないふりで白い煙を吐いた。

「拓也、どんなご褒美がいいかな？」

「ええと……ええと……S2とかどうスか？」

「……S2……それはいいね。近くに候補地は？」

「前に話してたL5がいいと思います！」

やたら張り切って答え、菊池はアクセルを踏んだ。軽くかかるGを感じながら、辻は「おい」と財津に顔を向ける。

「なんだよ、今の暗号みたいなの」

「ふふ。まあ、暗号ですね」

「俺は褒美なんかやるつもりはないぞ」

「大丈夫ですよ。辻さんにそのつもりがなくても、私らが積極的にもらいますから」

「それぜんぜん大丈夫じゃないだろうが。……コラ、菊池、どこに行く。道違うだろ」

「ハイッ」

返事だけはいい舎弟が、目を輝かせて角を曲がった。

「辻さん」

シュッと衣擦れの音がした。財津が自分のネクタイを外したのだ。ブランドもののネクタイが目の前に近づいてくる。それで辻を目隠ししようというのだ。

「なに考えてんだ、てめえ」

財津の腕を掴み、極道らしく低く言う。だが財津はにやついたまま「いやらしいことを考えています」としゃあしゃあと答えた。

「いいじゃないですか、辻さん」

シルクが頬に触れる。冷たさはなく、財津の体温と匂いを感じた。

「心配はいりません。いつもと少しだけ、趣向が違うだけです。さんざん殴られて、身体が痛くて、エンコ詰め寸前までいった緊張感……今、脳内麻薬が出てるんですよ。快楽に浸るには、絶妙なタイミングだ」

耳元で囁かれるのは、たちの悪い呪文だ。

いつだって強制はしない。あくまで甘く、柔らかな言葉で、辻を惑わし退路を断つ。それが財津のやり方なのだとわかっていても、危険な呪文に捕らわれてしまう。

目が覆われる。

辻は光を失う。

これでもう、どこに行くのか、なにをされるのかわからない……そう考えただけで、身体の奥がぞわりと疼く。支配する者から、される者へ。束縛され、自由を奪われ、屈服させられる予感に満ちているのに——なぜだろう、解き放たれるような感覚もあるのだ。

もう、考えなくていい。

ただ身を任せて沈めばいい、快楽という甘い泥沼に。

そのあと、車はどれくらい走っただろうか。視覚が遮断されると、時間の感覚もおかしくなる。人間が目から得ている情報は相当なものなのだ。それを断たれたことによる不安感は、辻にとってある意味、新鮮でもあった。

やがて車が止まり、エンジンも停止した。

あたりは妙に静かだ。交通音もないし、人の気配もしない。ふと、小さくエンジンの音が聞こえた。反響しているようなニュアンスがあったことから、辻はここが地下駐車場なのではないかと判断する。

今度は車の走行音がした。近くなり、遠くなって……去っていく。

ドアの開く音がした。

運転席だ。菊池が降りたらしい。

それから、後部座席のドアの開く音。ガチリという操作音と同時に、辻の座るシートがリクライニングする。そして、菊池が後部座席に乗り込む気配……誰も口を利かないまま、座席のレイアウトが、これから始まる行為に都合のいいように変えられる気配がする。セダンから高級ミニバンに替えたのは、広さと高さがあったほうが快適なことと、和鴻やほかの幹部たちが同乗する機会も多いからだった。間違っても、野郎三人で淫靡なことをするためではないのだが……実にこういう場合にうってつけの車種である。

覆い被さってきたのがどちらなのかは、匂いでわかった。

グリーンノートは菊池のコロンだ。単純でシンプルな匂いだが、この男に合っている。肩口に吐息を感じる。自分もまた、匂いを嗅がれているのだ。うっとりした深い溜息が首筋をくすぐり、辻は小さく笑う。

だが、服を脱がされ始めた時は「おい」と声を上げてしまった。

「なに脱がしてんだ、やめろ」

「しー」

耳元で財津が囁く。

「騒ぐと目立ちますよ。……大丈夫、あなたの不利益になることは絶対にない」

確かにこれまではそうだったが、今その言葉を信じろと言われても難しい。

誰が利用するかわからない地下駐車場の車中で、裸になれというのか？　隣に車が駐まったらどうする？　いや、もう駐車中なのだろうか。ならば、そのオーナーが戻ってきたら？

戸惑う辻をよそに、四つの手が衣服をどんどん剝いでいってしまう。ネクタイを抜かれ、シャツのボタンが外され、ベルトはとっくになく、トラウザーズが抜かれてしまう。さらに下のアンダーに手がかかった時、辻はさすがに抵抗した。竹刀で打たれた背中が痛んだが、動けないほどではない。

「やめ……」

唇が塞がれ、両手首を摑まれる。

情熱的だが粗雑で垢抜けないのは菊池のキスだ。辻の手首をきつく握りしめたまま、獣のような勢いで貪られる。血の味に興奮が増しているのだろうか。辻の唇を唾液まみれにすると、一度菊池が離れた。両腕を上げさせられ、肘を曲げさせられる。頭の上、手首を交差した形で縛られた。そのあいだに、財津の器用な手がアンダーと靴下までをも、辻から剝ぎ取ってしまう。

「可哀想ですから、ワイシャツだけは残してあげましょうね」

親切ぶった台詞だが、本当は先に手を縛ったので袖が抜けなくなっただけのことだろう。ボタンを総て外されたワイシャツなど、もしかしたら全裸より猥褻かもしれない。辻はアンダーシャツは着ないので、素肌に白いシャツ、目隠しのタイは赤——そんな自分の姿を想像したら、体温が上昇した。

この高揚。興奮。リスクがあるからこその、昂ぶり。

実に厄介な性分だと、我ながら思う。

脚のあいだに、誰かが入った。

内腿に感じた生地は高級なウール。財津だ。

「う」

噛まれた。

耳と、膝頭。同時に。

人間の身体というのは、同時に二ヵ所以上に刺激を受けると、混乱が生じるらしい。

どちらに反応すべきなのか、脳も戸惑うのだろうか。

柔らかく噛まれる耳朶。

やや強めに歯が食い込んでいく膝。

息が詰まり、身体が強ばる。辻もやはり惑乱せざるを得ない。

「……っ」

そして三ヵ所目。乳首を摘まれる。

ここはとても敏感な箇所だ。敏感にさせられたともいえる。とくに菊池は、バカみたいに辻の乳首に吸いつくのが好きなのだ。けれど、今はどちらが触っているのかはわからない。強めに抓られ、無意識に身を捩ってしまう。膝頭の歯はますます食い込み、骨をゴリッと刺激する。耳には舌が差し込まれて、湿った音を響かせる。

脇腹を手の平が滑る。四つ目の刺激だ。

太腿をさする手で五つ目。ヒクンと腹筋が震える。一番わかりやすい性感帯は放置されたままで、それでもすでに勃起していることは自分でもわかる。

六つ目。反対側の乳首。

触られる前から硬く尖っていたのだろう、クリクリと指先で遊ばれる。両側ともに同じ刺激を与えられて、息が乱れた。胸が性感帯なのは女だけだと思っていた、昔の自分を心中で嗤う。こんなに感じるなんて——想像もしていなかったのだ。

それでも、声は立てない。

時折聞こえる走行音。エンジンのかかる音、止まる音。小さな足音。

ある程度離れているのだろうが、駐車場に利用者がいるのは間違いない。辻が声などあげてしまって、誰かがこの車を覗いたら？

腕を縛られ、目隠しをされたまま、乳首を弄られたり、耳を舐められたりして……勃起させている姿を見られたら？

まずいなんてもんじゃない。

プライド、立場、すべてが粉々だ。身の破滅だ。わかってる。わかっているから、興奮する。全身の皮膚が熱くなり、鋭敏になり、与えられる複数の刺激に混乱しながらも、そのすべてを貪ろうとしている。

「……っ、う……」

乳暈（にゅううん）ごと、キュウと持ち上げられる。辻の胸には、小さなふたつの円錐ができているはずだ。耳を這い回る舌は、耳殻を甘噛みする。膝にあった唇は太腿に移動し、きつく吸い上げられる。きっと痕がついた。脇腹から腰を撫でる手が、ときどき腹に寄り道する。

いつまで、遊んでやがる。

甘く小さな痛みと快楽。それも嫌いではないけれど、ここはゆっくりできる場所ではない。さっさとコトを進めろと、見えないまま縛られた手を伸ばす。

だが、指先になにも触れることはなく、ふいに、すべての刺激が失われた。唇も、舌も、指先も手の平も……辻からいっせいに離れたのだ。

突然、放り出されたような気分になる。

無言。

無音。

……感じる体温もなし。

言葉にしがたい不安に襲われ、辻は「おい」と掠れた声を出した。返事はなかったが、左膝に温もりを感じた。手の平が触れ、そのままぐっと圧をかけられ、曲げさせられる。辻の一番深い部分を暴くために。

ジェルボトルを開ける、聞き慣れた音がした。その数秒後、まだ窄(すぼ)まっている箇所に、なにか硬い感触がある。

ジェルを纏ったそれは、つるりと辻の中に入ってきた。さして太いものではない。たぶん、財津の指程度だ。あまり奥までは行かずに止まり、また引き出される。なにをされたのかよくわからないが、少なくとも痛みはなかった。体内で溶ける潤滑剤かもしれない。

突然、手首が解放された。そして上半身が浮く。

誰かに抱き起こされたのだ。辻の背中側に入り込み、人間椅子さながらに背後から抱くのは菊池だろう。寄りかからせ、自分の両腕を辻の腕に絡めることで、再び動きを制限する。

脚を抱えられた。

いやな予感に、無意識に頭が上がりかける。それを引き戻されて、がっちり固定されてしまう。唇が塞がれた。キスではなく、手で覆われた。つまり、辻が声を上げるようなことを、しようとしているわけだ。

窄まりに宛がわれた熱に竦む。

いきなりか？ 冗談じゃない。まだ馴らしてないじゃないか、女とは違うんだ、そんな無茶をされたら壊れる――もし口を塞がれていなかったら、そんなことを捲し立てただろう。

「…………ッ！」

割り入ってくる。

熱の塊が。

「う、う……んっ……」

呻きながら身体を捩る。口から手が離れて、今度は唇が覆ってきた。ねっとりと口づけられながら、のし掛かる身体が進む。いくらアナルセックスに慣れてきたとはいえ、この展開は急すぎる。辻のそこは緊張したままで、なかなか相手を受け入れようとはしない。

上唇を軽く嚙まれた。

キスしていた唇が耳のそばに移動して「良典」と呼ばれる。

ピクリと反応してしまう。財津は辻を抱く時だけ、下の名前で呼びたがるのだ。

「中に入れて。きみの中に入りたい」

「……っ、は……」

「きみの中を……これでかき混ぜてあげるから」

つぷっ、と先端が侵入を果たした。

財津の大きな亀頭部を呑み込んだことにより、辻のそこは男の受け入れ方をようやく思い出したようだ。多少は緩んで、財津が少しずつ進んでくる。

「ふ……う……」

どうしても、小さく声が漏れる。財津は辻のこめかみに口づけながら、じわじわと進んだ。菊池はどうしているだろう？　きっと呼吸も荒く、辻が財津に犯されるところを見入っているのだ。いつもそうであるように。

「ア」

自分の内側で、ぬるっと滑る感覚がある。

財津の侵攻がよりスムーズになり、ゆっくりと抜き差しが始まる。くちゅくちゅと濡れた音が狭い車内に響き、シートが軋む。律動のテンポは次第に速さを増し、財津のペニスが辻の弱い部分を狙って擦る。その快楽に逆らうことは難しく、息が乱れて、苦しさに顎が上がった。

「辻さん……すげえ濡れてる……」

興奮を隠さない菊池の声が、耳元で囁いた。

「先っぽからタラタラ流れてます。腹につきそうなほど勃ってるし……触ってほしいですか？」

うるせえよ、グダグダ抜かしてないで触りやがれ……と言いたいのだが、喘ぎを嚙み殺すので精一杯だ。

「触ってほしそう……っていうか俺が触りたい……俺、辻さんのアレたまんなく好きなんスよね……形もいいし、つやっとしてて、おいしそうで……」

「拓也、だめだぞ」

手を伸ばしたらしい菊池が、財津に止められる。

バカ、なんで止めるんだよと、辻は内心で舌打ちをした。早く触ってほしい。内部を犯されながら、性器を擦られる恍惚が欲しいのだ。すべての感覚が下半身に集中して、そこで熱い渦が巻くようなあの感覚……女を抱いている時には出会えなかった、特殊な性感。

「なんで。こんなヒクヒクしてんのに」

「焦らされて、我慢するのが好きなんだよ、良典は。……ねぇ？」

言葉と同時にグイッと進まれ、辻は耐え切れず「あぁ」と声を漏らした。

なに言ってんだ、我慢なんか嫌いだ。さっさと触って、擦って、もっとよくしろよ……そういう気持ちも、嘘ではなかった。だが同時に、焦らされたあとにやってくる暴力的なまでの快楽を、心のどこかで待っていることも本当だ。

「なんだ、そうなんだ。じゃ……俺は辻さんのここ、弄っててあげます」

胸に回った手が、とうに摘みやすくなっている突起をつついた。

「辻さんの乳首、少し大きくなった気がする……俺と伯父貴が一生懸命可愛がってるからですよね。こんなふうに揉んだら、オッパイもできないかな……」

筋肉しかない平らな胸を、大きく揉むようにして菊池がバカなことを言う。

「俺、女はきらいだからオッパイもきらいだけど、辻さんのなら平気……っていうか、辻さんのなら、たくさん揉んで気持ちよくしてあげるんだけど……」

菊池は根っからのゲイで、女には一切興味がない。まだこんな関係になる以前、女を交えた3Pに菊池を呼びつけたことがあるが、結局風呂場に籠城してしまった。やたらでかいイチモツを持っているくせに、使えねえ奴——と、辻はせせら笑ったわけだが、その相手に好きに乳首を弄られるようになるとは、皮肉なものである。

「……っ、あ……」

「……舐めたい。この体勢だと難しいから……伯父貴、ちょっと待って」

辻を背後から抱きかかえていた菊池が抜ける。

後部座席の横に移動したようだ。リクライニングがさらに倒されて、フラットに近い状態になった。脚を抱え直されて、結合が深まる。反射的にそこを引き絞ると、財津が「すごい」と微かに笑って律動を止め、ふぅ、と息をつく。

「蕩けてるのに、きつく絡みついてくる……たまらない……」

「ずるいよ伯父貴。俺も早く辻さんに入れたい」

「……拓也がそう言ってますが、どうです？」

ゆるゆると再び動き出しながら、財津が聞く。辻は首を横に振り、上擦る声で、

「冗談じゃ……ない」

と答えた。あんなものを入れられたら、腰が砕けてしまう。

「物理的にはそろそろ可能だと思いますよ？　私のをいきなり入れても……ほら、こんなに気持ちよさそうだし」

ぐちゅ、とわざと接合部の音をさせて財津は言った。三人の関係が始まった当初、菊池が辻に挿入することは財津が禁じていたのだ。男に抱かれることに慣れていない身体では、負担があまりに大きすぎるという判断だったらしい。だが、それから半年たった今、辻の身体は……。

「そうすよ、辻さん。……ああ、ほら、もう自分で腰動かしてるし……伯父貴のだって結構デカイほうなんだし、俺のももう大丈夫ですって」

「……い、や……だ」

「なんでですか。俺のコレ、そんなに嫌いですか……」

本気で悲しげな声で、菊池が嘆く。好きも嫌いもあるか。辻は本来、自分の性器以外、どうでもいいのだ。ただし、それを使って気持ちよくなれるなら話は別であり、菊池のサイズでそうなれるとは思えない。

「残念だったな、拓也。この人は私のこれがお気に入りらしい」

「バカやろ……ちが……」

「いい子だね、良典。……じゃあ、もっと深くにあげようか」

しっかり腰を掴まれて、奥まで穿(うが)たれた。

「あ、う……！」

ストロークが大きくなり、財津の剛直が内壁を抉るように動く。角度が僅かに変わり、集中的に辻のスポットを突き上げてきた。

「や、それ……やめ……っ」

苦しいほどに、気持ちいい。

なのにやめろと言いたくなるのはなぜなのだろう。女たちがよく辻の下でそう言っていたが、あれは要するに『もっとして』の意味だと解釈していた。けれど今、辻の中にあるのはそんな単純なものではない。

「や……あ、あ……」

気持ちいい。たまらない。腰から下が溶けそうだ。

でも逃げたい気分も本当にある。

こんなふうに、乱れていく自分が、壊れていく自分が、少し不安にもなる。

ねろりと、濡れた柔らかい物体が乳首に纏わりつく。

「う」

吸いついて、また舐めて、舌で掘り起こすようにする。菊池の言っていたように、辻の乳首は以前より少し大きくなったかもしれない。ささやかだったその部分は、きっと今、充血して色を濃くし、淫猥な性感帯となって尖っているのだろう。

無意識に、菊池の頭部をかき抱いていた。

なにか、縋れるものが欲しかったのだ。菊池は嬉しそうに「辻さん、辻さん……」と呼びながら、今度は唇にキスしてきた。入り込んできた舌を、無我夢中で吸う。今自分を穿っているのが誰なのか、キスしているのが誰なのか、次第にどうでもよくなってくる。

「ああ、クソ……っ、我慢できねえ。辻さん、いやらしすぎます……ッ」

菊池の声がやや遠のく。

髪を摑まれて、乱暴に横を向かされる。

唇になにか熱いものが押し当てられた。蒸れたような独特の匂いで、菊池のペニスだとすぐにわかる。口を開けてそれを受け入れたが、いつものとおり、大きすぎて納めきれない。しかも、今は体勢にも無理があって、せいぜい亀頭部分を舐める程度だ。

菊池のほうも強引にすれば歯が当たって、自分が痛いだけとわかっているのだろう、一度引き抜いて「舌出して、舐めてください」と息を荒らげて言った。

「キャンディみたいに……やらしく、舐めて……」

ぐりっ、と濡れた先端を唇に押しつけられて、ねだられる。

いつもこき使い、時には蹴飛ばしている下っ端の舎弟に、イチモツを舐めろと命じられる状況など、半年前の辻なら想像もできなかった。もし想像しろと言われたら、その場で菊池を半殺しにしていたかもしれない。

なのに、今は言われたとおりに舌を出す。

飢えた犬がご褒美を欲しがるみたいに、限界まで舌を長く出して、ご要望どおりの舐め方をする。自分の唾液が首まで流れるのを感じながら。

「すげ……辻さん……すげえ、エロい……ああぁ、気持ちい……っ」

「ん……ッ」

ごつ、と菊池のいきり立ったものが頰を突いた。

菊池のせいではない。財津の攻め込みがいっそう激しくなったからだ。

辻の身体をガクガクと揺さぶり、自分の快楽を最優先させる、自分勝手な雄の動きになる。その傲慢さに犯され、辻の内部でも愉悦が膨らむ。ぐるぐると熱い血が全身を駆け巡り、心拍を上げ、息を乱す。視界が奪われているせいか、感覚がどんどん内側に集中しているのだ。

それでも、ふいうちのように聞こえる車の音が、辻を現実に引き戻す。

大丈夫なのか、誰にも見られていないのか。

車は絶対、不自然に揺れているはずだ。

まさか、すでに車の周囲に人だかりができていたりしないだろうか。

恐ろしい想像だった。見ず知らずの人間たちが、ウィンドウ越しに覗き込み、これ以上なくいやらしくみっともない、辻の姿を凝視している。

広げた股に男を挟み、尻の穴にペニスを突っ込まれながら、必死に舌を出して、別の男の性器を舐めて――。

「あ……あぁ……あ……」

ぞわりと、背骨沿いに駆け上がる悦楽。

どうしようもないほどの、この高揚。

本気で見られたいわけではない。失うものが多すぎる。けれど、見られるかもしれないというスリルが辻の官能に強く作用しているのは明らかだった。

とんだ変態だなと自分を嗤えたのも一瞬で、腹の奥に渦巻く熱さをなんとかしたくて、辻は左手で財津の腕を摑んだ。

「さ……触れ、よ……」

ずっと放置されたままのペニスがつらい。けれど財津は「だめ」と楽しそうに言い、腰を動かし続ける。菊池は物足りなくなったのか、辻の顔のすぐそばで自分のものを扱(しご)き始めていた。にちゃにちゃと粘つく音がしている。

「あ……あ、触れって……くそ……」

「いきたい？」

ガクガクと頷いたが、財津は「触らなくても、いけるでしょう？」と素っ気ない。自分で握ろうとしたら、両手首を押さえつけられてしまう。

「や……無理……触っ……ちゃんと、扱い……っ」

「ああ、可哀想に。小さな穴までひくついてる。そんなにいきたいのか。いいんだよ、良典。好きな時に出していいのに……ほら、ここを、こうすると……イイだろう？」

「あ！　あ！　ひ……ッ」

腹を突き破るつもりか、と問いたくなるほどのアタックに、声を殺すことすら忘れる。このままだと、本当に触られないまま射精してしまうかもしれない。いいのか。そんなふうになってしまっていいのか？　女とのセックスでは、ありえないことだ。

いや、むしろ女みたいじゃないか。中で感じて——イクなんて。

「良典……あぁ、いい……溶かされそうだ……」

「辻さん、う、俺、もうすぐ……っ、顔に、かけてあげますから……っ」

「や、あ、あっ……触っ……」

もう少し。

あと、ひと息で達しそうだった。

ペニスの先端に、羽毛がひとひら落ちたら、汗が一滴垂れたら、誰かが息を吹きかけたら……そしたら、いけるのに。

苦しい。気持ちよくて、苦しくて、壊れそうだ。両脚の太腿に力が入り、財津をギュッと締め上げる。括約筋に力が入り、財津が低く呻く。ああ、もうすぐ財津もいくんだなとわかる。見えないけれど、腰の動きで、息づかいで、わかる。

「も……もっと、突い……あ、あっ……あ、そこ、強く、あああッ！」

もう、そこに来てる。

摑める。

そう思った刹那、パパアッ！ という大きな音が鼓膜を震わせる。クラクションの響き。もちろん、この車ではない。バンバンッと誰かが窓を叩くのも聞こえ、振動も伝わった。

ネクタイに閉ざされた中で、辻は目を見開いていた。

全身が、凍りつく。

……氷は、熱い。極端な低温を人は熱と勘違いする。冷たいと熱いは、刺激として似ているのだろう。だから辻も混乱した。わからなくなった、凍りついたと思ったけれど、違ったのかもしれない。

「……っ……あ……」

精液が噴き出す。

見えないけれど、わかる。勢いよく射精していることが。誰にも触れられないままで、尻を犯されているだけで、女がイクみたいに――達している。

誰かに見られたかもしれないというのに。

……いや、誰かに見られたことによって？

だからこんなに、内側から蕩けて崩れそうなのか？

菊池の呻き声。そして顔にかかる青臭いもの。

頬から唇にかけて、グリグリと押し当てられ、汚される。自分の顔に、ダラダラとザーメンが流れている。口を開けて少し舌を出してやると、菊池がそこに先端を擦りつけてきた。どくん、と残滓(ざんし)が絞り出される。苦い。

脱力した辻をかき抱き、財津が一番奥まで入って、身体を震わせた。

菊池のザーメンがついていることも構わずに、深く激しく口づけてくる。

「触らなくても……いけたでしょう?」

キスのあと、財津が唇を耳に移動させて囁いた。

「ちゃんと、そういう身体になってるんだ……良典……」

ちゅっと耳朶を吸われて、辻は力なく「うるさい」と返した。喉がすっかり渇いている。呼吸が激しかったのもあるし、声も……後半は抑えられていなかった。

目隠しを取ったら、なにが見えるのか?

もしかしたら、自分はとっくに嵌められていたのではないのか? 財津と菊池の計略にひっかかり、すべてを失ってしまっているのではないか? そんな考えが脳裏に浮かぶ。だとしても、あまり驚かないかもしれない。べつに、このふたりに全幅の信頼を置いているわけではない。ただ、こいつらとケモノみたいにサカるのは……悪くなかったから。

つまりは自業自得なのだ。

目隠しを取ったあとで、車の周りを大勢が取り囲んでいたとしても、ビデオカメラを構えている奴がいたとしても――てめえが愚かだったということなのだろう。

「ふ」

バカらしくなって、小さく笑う。

「なんでもない。なあ、ここどこなんだよ……？」

「良典？」

「どこだと思います？」

「もったいぶるんじゃねえよ。……おい、菊池、目ェ取れ」

投げ遣りな気分で命ずると、菊池は「ハイッ」と舎弟モードに戻り、ネクタイの結び目に手を掛けた。きつい結び目を解くと、シルクの布はサラリと落ちていった。

眩しい。

辻は思わず目を瞑り、手の平で目をカバーしたまま何度か瞬きを繰り返した。そうやって光量に慣らし、改めて車の外を見る。

「…………」

その光景を確認し、辻は言葉を失った。

なんだこれは。ありえない。

だって、音が聞こえていたじゃないか。走行音、クラクション……今だってほら、どこかで車のドアが閉まる音が……。

眉をヒクリと動かし、辻はコンソールを見る。

オーディオ機器が作動している。結構な値段だったスピーカーから出ている音を確認し、辻は不機嫌も露（あらわ）に口を曲げた。

なにか言ってやろうと思ったのだが、最適な言葉が浮かぶより早く、衝動が襲ってくる。衝動のままに、右肘と左膝を電光石火の勢いで動かす。

「うがっ！」

「ぐっ……！」

肘は菊池の鳩尾に決まり、膝は財津の顎にヒットした。

それぞれの部位を庇うようにして、ふたりは痛みに呻く。ざまあみろだ。

辻は下着とトラウザーズを穿きながら「今度こんな真似しやがったら、ぶっ殺すぞ」と言った。

「いたた……ひどいな。良典を喜ばせたかっただけなのに……」

「うるせえ。良典って呼ぶな。菊池、煙草！」

「ううう……ハイッ……」

慌てて菊池が出した煙草を咥え、火をつけさせて一服した辻は、頬にまだついていた精液を忌々しげにシャツで拭いた。自分がひどくザーメン臭い気がする。さっさとシャワーを浴びたくて、辻はシャツのボタンも留めないまま、車を降りた。打撲の背中とともに、膝と腰の関節が、みしりと軋む。怪我人のくせに、狭い場所で無理な体勢を取っていたのだから無理もない。

「……くっそ」

毒づいて、その場に煙草を捨てる。靴裏で踏みつけて消してやった。黒い煤が白いコンクリートに染みつく。

ひんやりとした、四角い空間。

確かに駐車場だ。ただし公共のビルではない。車を駐めるスペースは二台ぶん——個人宅の地下駐車場である。端的に言えば、財津の自宅だ。

辻はもう一度クソと呟き、すでに潰れている煙草をさらに念入りに踏んづけたのだった。

3

汁に浸していいものと悪いものがある。

主義主張というほど大層なものではないにしろ、辻はそう思っている。突き詰めていえばなにを汁に浸そうと個人の自由であり、勝手にしたらいいわけだが、それならば辻がその件に対してブツクサ言う権利だってあるだろう。

「浸すかな、コロッケを」

ぼそりと言った辻に、隣の男は、

「それ、毎回言うよねー」

と返した。男の台詞もお決まりである。会うたびにこのやりとりをしているのだ。

「せっかくサクサクに揚がったコロッケを、めんつゆにズブズブ沈める光景は、何度見ても俺を悲しい気分にさせるんですよ」

「そういう辻くんだって、サクサクに揚がったちくわ天を、ズブズブと沈めてるじゃないの」

「天ぷらはいい」

「なんで」

「昔から、うどんに天かすっていう伝統がある」

「僕、伝統っていう言葉をあんまり信用してないんだ。それって、単に長年変わってないってことでしょ？　そりゃ、中には『素晴らしい価値ゆえに、変わらずに残されているもの』もあるけどさ、『なんとなく面倒だから変えてないもの』だってわりとあると思うんだよね」

「うどんに天かすは前者です」

「なら、そばにコロッケもいつかそうなるよ」

ぞぞぞ、とそばを啜りながら遠近(とおちか)は言った。そのそばつゆには、コロッケの断面から溶けたイモが流れ出している。辻はこれが許せないのだ。ちくわは溶けないが、コロッケは溶けるではないか。その点を追及してやりたいところだが、いつも時間がなくて、本題に入ることになる。

「ウチの神立が、妙な動きをしてるようでね」

「あー、神立さん。うん」

「なんか知ってますか」

「最近お金に困ってるっぽいね」

「それは俺も知ってます。誰かと隠れて会ったりしてないですかね？」

「会ってるね」

　そばに七味を追加しながら、遠近は答える。誰と会ってるかが大切なところなのだが、それは言わない。辻はうどんと一緒に注文した稲荷寿司をパクリと食べる。ここの稲荷は、揚げが甘めで好きだった。

「辻くんて、炭水化物プラス炭水化物、するよね」

「焼きそばと白飯を一緒に食いますよ」

「なのに太らないよね」

「消費カロリーも多いんです。心身を酷使する仕事なもんで」

「僕もだけど、あんまり痩せない」

「痩せるおクスリ回しましょうか」

「辻くんが言うとシャレになんないなぁ」

　ふう、と額の汗を拭って遠近は言う。小太りなので冬でも汗かきだ。ふたりの丼はそろそろ終わりが近い。この店では、多くの客が数分で食事をすませて出て行く。十分滞在すれば長いほうだ。人の出入りが多く、かつ周囲を気にしない客ばかりなので、密会には適している。

「中央町の第二高で、商売してる生徒がいるらしいんだよね」

最後のひとかけらになったコロッケを食べて、そんな話をする。つまり、それが今遠近が欲している情報なのだ。

「合成（ハーブ）？」

「そう、ハーブ。不良じゃなくて、ごくフツーの子が所持してる」

「……こないだ『はにい・とらっぷ』の女の子が話してたんだが、三澤（みさわ）組の下っ端が酔っ払って自慢してたそうですよ。イイ子ちゃんの学生サンがよく働いてくれるから、最近ラクでしょうがねえよ、だそうで」

「なるほど」

遠近は丼の底を見つめながら頷いたあと「タナカに会ってる」とぽそりと言った。

誰が？　もちろん神立だ。ギブ＆テイク。遠近に情報を与えれば、それなりの見返りは得られる。

「タナカ？」

「番頭のタナカ。ま、偽名だね」

「詐欺（S）の番頭と知ってて、放置ですか？」

「もうちょっと太らせてから、釣る予定」

今はまだ泳がせている、という意味だ。つまりいつかは遠近の手が及ぶわけであり……そんな男と神立がつるんでいるというのは、ますますゆゆしき事態と言える。

「おばちゃん、ごちそうさま。おいしかったよ」

辻はカウンター越しに丼を返す。白髪頭に三角巾の店員が「ありがとねー」と笑顔を向けてくれた。おばちゃんというより、おばあちゃんという年齢だろう。日本の年寄りはよく働くよな、と思う。続いて遠近も「ごちそうさまでしたー」と丼を返し、もう一度タオルハンカチで顔を拭った。

辻が先に店を出る。

ちょうど電車が入線してきた。車輛に乗り込んでからホームを見ると、遠近がタオルハンカチをパタパタさせて自分を扇いでいる。目が小さくて、ずんぐりしていて、手足が短い。カピバラによく似ていると思う。とても刑事には見えない。まして組対の所属とは思えない。が、遠近がどれほど頭の切れる男なのか辻はよく知っている。

だからこそ、敵には回さない。

利用し、利用され、益がある限りはぎりぎりのバランスを保つ。おそらく、向こうも同じように考えているのだろう。でなければ、こんなふうに駅の立ち食いそば屋にやってこない。このカピバラは甘い男ではない。

「おかえりなさい。どうでした？　収穫は？」

事務所に戻ると、櫛田が焙じ茶を出してくれた。辻はそれを啜りながら「あるには、ありましたがね」と答える。

詐欺グループの番頭で、通称タナカ。

レンの話していた男と一致する。そのタナカと神立が秘密裏に会っている。当然のことながら、神立は和鴻会長が詐欺グループを憎々しく思っていることは承知だ。そのリスクを負ってまで、タナカに会う理由は……。

「……金、だよなあ」

呟くと、櫛田が「はい？」と辻を見た。

「うん……。櫛田さん、菊池のアホは？」

「ビル周りの掃除させてますが……呼びましょうか」

「いや、俺が行くからいいや」

一度ソファに座ったのだが、再び立ち上がって言った。早く動く必要を感じていたのだ。遠近はタナカを泳がせているが、証拠固めができ次第、検挙に乗り出す。

辻は「ちょっと出てきます」とだけ告げて、コートを羽織ると事務所の非常階段を下りた。遠近から得た情報は、細心の注意をもって扱う必要がある。たとえ櫛田にでも、なるべく話さないようにしていた。

「おい」

ビルの裏手で、大きな身体を折り曲げて掃除をしている菊池に声を掛ける。

「ハイッ」

ご主人様を見つけた犬のように、菊池がシュタッと身体を伸ばして辻のほうを向き、一目散に駆け寄ってきた。いつかこいつに耳と尻尾が生えて、ワンと言い出しても辻は驚かないだろう。

「お呼びですか」

薄っぺらいブルゾンに、マフラーを巻いた菊池が聞く。

「おまえ、野々宮レンのヤサ知ってるか？」

「え、レンの。はい、一度奴の家で飲みました」

「教えろ」

ハイ、と頷き、菊池は目線をやや泳がせ、なにかを思い出そうとしている顔になる。

菊池はどうにも頭の悪い奴で、地名を覚えるのもあまり得意ではない。

「いいよ、住所は。電話教えろ。直接聞く」

「あ、いえ、思い出しました。35.716630, 139.66……」

「は？　なんだって？」

「レンの住所です。ええと、今の数字をスマホの地図に入れてもらうと……」

菊池が自分のスマホを取り出して、地図アプリのアイコンをタップする。そしてさっきのずらずらした数字を打ち込んだところ、中野区の一点が表示された。

「……もしかして、経度と緯度か？」

「さすが辻さん！　そうっす！」

「おまえ、なんでそんな面倒くさい覚え方してんだ？」

「俺、ガキの頃から文字の読み書きが極端に苦手で……でも数字なら平気なんです。いくらでも暗記できて。だから、場所を覚えなきゃいけない時は緯度・経度で覚えるようにしたんです。これならアプリの地図ですぐ見られるし……あ、そうしろって教えてくれたのは、伯父貴なんですけど」

「へえ……じゃ、この事務所は？」

辻の質問に、菊池はすらすらと数字を羅列した。

アプリで確認してみると確かに合っている。菊池の意外な特技に、辻は内心で感心していたのだが、顔には出さず「変な奴だな」とだけ言っておく。それでも菊池はなんだか嬉しそうだった。

「……そういやおまえら、こないだ車でも変な暗号使ってたな？」

「S2L5ですか？　あれはシチュエーションの2で、ロケーションの5です。S2はカーセックス、L5は伯父貴の家になります！」

「…………」

「俺たち、辻さんに喜んでいただくために、いろんな工夫をしようと思ってて！」

「…………」

「ちなみにシチュエーションは今のところ14まであって、ロケーションは8まで考えてあります。ただ、場所は安全を確保しなきゃいけないっていうのが、なかなか難し……痛ッ！」

バッチンと顔面を手の平で叩いてやった。菊池は鼻を押さえながら「ふががっ」と変な声を出す。まったく阿呆が、なに楽しそうに語ってやがるんだ。

「俺はてめえらのオモチャかよ」

「ち、違いますっ……俺たちが、辻さんのオモチャなんです……」

「フン。どっちにしろお遊びだろうが。あんまりいい気になるんじゃねえぞ」

「いい気になんか……そんなの、ぜんぜん……だって………」

菊池が言い淀み、俯いた。

「なんだよ」

「……いえ」

「なんだ。言え。蹴るぞ」

右足で地面をパンパンと二度踏んで言うと、菊池はやっと顔を上げた。辻の手の平をまともに食らった鼻が、赤くなっている。

「だって、真剣になったら辻さんが困るじゃないですか」

「……はあ？」

「俺は……その、今だって辻さんを好きなのは本気で、真剣で、ある意味命かけて、お遊びしてるんです。お遊びだから、三人でもしょうがないって自分に言い聞かせて……こ、これ以上マジになったら……」

まずい。菊池はでかい図体をしてるくせに、わりとジメジメした男なのだ。辻はなにか変なスイッチを押してしまったらしい。思い詰めたような表情で、いつになく辻をまともに見据え、菊池は言った。

「俺、きっと思っちまいます。辻さんに、自分だけを見てほしいって。伯父貴と一緒くたにされるんじゃなくて……伯父貴のオマケじゃなくて、俺だけを……」

「ストップ」

辻は顔をしかめて、菊池を止める。

「それ以上喋ったら殺す」

「………」

「いや、殺しゃしないが、破門にする。本気だぞ」

菊池は泣き出しそうに顔を歪めた。それを無視して辻は踵を返す。

冗談じゃない。好きだの、命がけだの、自分だけを見てほしいだの……そういう関係ではないはずだ。三人でのセックスは、もっと割り切った、辻にとっては一種のストレス解消になっているのだ。リスクの否めない、だからこそ楽しい火遊び――。

「真面目に掃除しろよ」

公道に出る手前、振り返って言い捨てる。

「……ハイ……」

菊池は小さな声で、まったく覇気のない返事をよこした。

厄介だな、と辻は眉を寄せる。考えてみれば、菊池はまだ二十歳になったばかりのガキだ。身体だけの関係に、うっかり恋愛などという幻想を重ね合わせてしまうのは無理はないのかもしれない。そのへんは、財津がきっちり言い聞かせておくべきだろうに、あいつは甥っ子を甘やかしがちで困る。

とにかく、今はレンだ。

辻は大通りに出てタクシーを拾った。二十分ほどで、レンの住んでいるアパート前に到着する。ずいぶんと年季の入った物件だ。部屋に風呂があるのかすら怪しい。二階の奥に、野々宮、と下手な字で書かれた、表札を見つける。

「え……っ、つ、辻さん……？」

「よう」

ポカンとしているレンの横をスイとすり抜け、勝手に部屋に入った。

予想どおりの狭さだが、思っていたよりも整理整頓されている。埃っぽさはないし、布団は出しっ放しだが、きちんと畳んで部屋の隅に置かれていた。

ポールハンガーにかかった服、小さなガス台の上にはやかんと小鍋……最低限の生活必需品しかない中、安っぽいフォトフレームがふと目に入った。倒れたように伏せられていたそれを手にしてみると、意外な絵柄が見える。辻はすぐに、それをもとのように伏せておく。

「あ、あ、あの……」

「まあ、座れ」

一枚だけあった座布団を、勝手に使って辻は言った。レンは素直に頷き、一度座ろうとして「あ、お茶」と再び立ち上がる。

「いい。いらない」

「で、でも。あ、つつ、辻さんはコーヒーでしたっけ。うち、インスタントしかなくて……あ、そうだ、近くのコンビニまで行ってくるので、少しだけ……」

なにやら舞い上がっているレンに「いいから、座れ。ほら、ここ」と自分の前の畳を軽く叩いた。ようやくレンが「は、はい」と畳に正座する。緊張しているのか、肩がグッと上がって、顔はやや紅潮していた。前回のように「深呼吸」と命じると、やっぱり素直に従って、大きく胸を上下させる。

「突然悪いな。ちょっとおまえに聞きたいことがある。答えたくない場合、あるいは答えられない場合は、無理をしなくてもいい」

「は、はい。なんでしょうか」

「単刀直入にいくぞ。まず、おまえ、まだ例の仕事続けてるのか？」

レンはためらいもせず、コクリと頷いた。

「い、今の【カイシャ】が撤収になるまでは……やめさせてもらえない契約で」

「その【カイシャ】に、誰か潜り込ませることは可能か？」

レンの顔が曇った。俯き、しばらく考え込んで、カシカシと頭を掻く。やがて「不可能ではないです」と答えた。

「い、今、欠員が出てるチームがあるので、使える奴いないかって探してるみたいだし、手はあると思います。ただ……もし、ばれた時は……」

言葉が消える。過日にレンが受けていた制裁程度ではすまない、ということだ。

「そうか。まあ、そうだろうな。俺が逆の立場だったら、そんな舐めた真似した奴はどっかに埋めるだろうからなあ」

「あの人たち、とにかく情報が漏れるのを恐れてるんで……」

「おまえがウチの事務所に来たのはバレてねえか？」

「ハイ。俺、ビビリなんで見くびられてるんだと思います」

櫛田からも、レンの周囲に異変はないと報告を受けていた。レンと辻が接触していることは、知られないのが得策だ。だからこそ今日も辻はひとりで来た。

「【番頭】のタナカってのは、毎日来るか?」

「夕方、集金で顔を見せます。口座の管理は番頭しかできないし……。俺ら【練り】のチームはテレアポとは別室なんですけど、こっちにも顔見せて、頑張ってるかー、なんて声かけられたり……。あの、変な言い方だけど……タナカさんは感じのいい人なんです。にこやかで、威圧的じゃなくて……おまえたちがいい名簿作ってくれるから助かるよ、って高い寿司の出前取ってくれたり……けど、本気で怒るとすげえ怖いって評判で……」

そのへんの手口はヤクザと同じだな、と辻は思う。飴と鞭を使い分けるのは、誰かを支配する時の常套手段なのだ。

「タナカが番頭で、その下に【リーダー】がいるって言ってたな?」

「はい。電話をかけまくるテレアポチームの【リーダー】がふたり、スズキとカトウです。ふたりとも三十前後だと思います。あと、【練り】チームがササキ……わりと若くて、二十三、四じゃないかな……。みんな偽名です。俺たちも、お互いの本名知らないし」

誰も本名を知らない体制は、誰かひとりがヘマをした時に、芋づる式に捕まらないための工夫である。用心深いことこの上ない。

「おまえらの仕事場に部外者が来ることは?」

「ありえないと思います」

「だよな。……うーん」

当初、辻は顔の知られていない組の人間を潜り込ませようかと考えたのだが、タナカに接触することができたとしても、神立との関係を探るのは難しそうだ。

「あの、辻さん。なにか探るなら、俺がやります」

「無理に決まってんだろ。おまえ、自分でビビリだって言ってたじゃないか」

「そ、そうですけど……でも辻さんのためなら命張ってでも……っ」

「だからそういうのやめろって。ウチの構成員でもないくせに……それともおまえはアレか？　俺に惚れてんのか？」

軽口のつもりで言った辻だが、レンは顔を真っ赤にしてしまう。まるで中学生みたいな反応だ。その様子を見ながら、辻は煙草を咥え「あの写真立て」と火をつける。

辻は伏せられた写真立てを顎で示して聞いた。

「おまえ、クリスチャン？」

中に入っているのはマリア像の写真だったのだ。レンは苦笑いで写真立てをきちんと置き直し「いえ、俺は洗礼は受けてなくて」と答える。

「でも、早くに死んだ母親はそうでした。フィリピン人ってカトリック多いから」

「へえ」

　フゥ、と煙を吐きながら、辻は胡座にしていた脚を片方投げ出した。手近にあったマグカップを灰皿代わりにする。レンは相変わらず正座のままで、それでもいくらか緊張は解れてきたようだった。

「母親がいなくなってからは、やっぱりそっち系の施設で育ってるんで……なんか、つい置いちゃうんですよね」

「なんで伏せてた？」

「……い、今は詐欺の仕事なんかしてるから……目を合わせづらいというか……」

　なるほど、罪の意識というやつか。

　宗教にまったく縁のない人生を送ってきた辻には、いまひとつわからない感覚である。もし神様が本当に罰を与える存在なら、辻は今頃大変な目に遭っているはずではないか。確か、無闇に女と寝ちゃいけないという教えがあったような気がする。それだけでも罪を犯しているだろうに、挙げ句に男と3Pだ。

「俺がどうにも意気地がないのは、ガキの頃にすり込まれた『神様はいつも見ていますよ』ってやつかもしれません……」

「変な奴だな、おまえ。ならなんであんな連中と関わったんだ」

「それはもう、金ですね……俺、親友の借金の連帯保証人になっちゃって……」

「そのダチはドロンでおまえが借金被ったわけか」

「はい。必死に働いてたんですけど、なんかぜんぜん減らない借金で……」

辻が「金融会社どこだよ」と聞くと、レンは数社を答える。返済が苦しくなって、別のところで借りる……を繰り返す、典型的な破滅パターンだ。

「途方に暮れてたら、借金を清算してくれるっていう人に会って……過払い、っていうんですか？　俺はむしろ利息を払いすぎてるから、取り返してやるって言われたんです。ただ、その条件が、知り合いの仕事を手伝えってことで……」

「それが詐欺の仕事だったわけか」

「はい」

「またきれいに嵌められたもんだなあ。神様ってのは、そういう時助けてくれないのかよ？」

思わず嫌味な質問をしてしまった辻だが、レンは気分を害した様子もなく「神様はそういうものじゃないらしいんですよ」と答えた。

「昔シスターが言ってました。神様は、ただ見守るだけなんです」

「それって意味なくないか？」

「うーん。俺には……ちょっとあるみたいです。天涯孤独で、他に見てくれる人いなかったし」

「俺も親なしだが、神様に見てもらいたいとは思わんな。悪いことできねえだろ」

辻が言うと、レンは初めて笑みを見せ、「辻さんでも、そんなふうに考えるんですね」と言った。笑うと本当に可愛い顔をしている。顔の痣はだいぶ消え、ぱっちりとした目の下にホクロがあるのがわかった。肌もすべすべで、十九だと言っていたがもっと幼く見える。

「……レン。おまえ、脱ぐのどうだ？」

「……は？」

「【カイシャ】から足を洗っても、食っていかなきゃならねえだろ。取り柄は顔くらいだが、飲めないからホストはできねえし……。アダルトDVDのメーカーなら紹介してやれるぞ。ちゃんとした事務所で、役者は大事にしてくれる」

「む、むっ、無理です！」

正座をしていたレンの上体が軽くのけぞり、脚が痺れていたのだろう、そのままぺたんと尻餅をついた。

「カメラの前で、女の子とするとか、絶対無理です！」

「そうか。男相手ならどうだ。そっちのが払いがいい。おまえくらい可愛けりゃ、尻使わなくても大丈夫だろ。最初はマグロでも初々しくていいって言われるしな」

「いや、それ、もっと無理！」

「俺のことが好きなのに、男とやるのに抵抗あんのか」

「つ、つ、辻さんは特別なんです」

「特別？」

辻は言葉尻を上げ、煙草を深く吸い込んだ。

「こないだは恥ずかしくて言えませんでしたけど……辻さんが俺を助けてくれた時、マリア様が来てくれたのかと思いました」

「……マ？　ゴホッ、ガフッ、ゴホホ……ッ！」

思いもよらぬ言葉に、思いきり噎せてしまう。レンが慌ててグラスに水を入れて持ってきてくれる。それを飲んでいましばらくゲホゲホし、やっと落ち着いた辻は「マリア？」とレンを見た。レンはあくまで真面目な顔で「はい」と答える。

「おまえ、頭は大丈夫か？　なんで俺がマリアなんだ。こんな吊り目のマリア様がいるかよ。それこそバチが当たるぞ」

「けど、あの時の辻さんは後光がさしてる感じで……白っぽく光って見えて……。事実、俺を助けてくれたし」

「そりゃ、ウチの事務所の近くではしゃぐガキが気にいらなかっただけだ」

「だとしても……俺は嬉しかったんです」

頰を赤らめながら俯き、レンは答える。いくらでもひねくれてよさそうな生い立ちだというのに、今時珍しい純情っぷりで、いっそ哀れなほどだ。

辻はマグカップで煙草を消し、「ちょっと」とレンを手招いた。レンはきょとんとした顔で辻を見ている。

「……はい？」

「ちょっとこっち来い」

「あ、はい」

改めて正座をしたレンが、ずりずりと少しだけ寄ってくる。

その細い腕をむんずと掴み、力任せに引き寄せた。レンは「わっ」と声を立てながら、辻の腕の中に崩れ落ちてくる。脚がまだ痺れていて、自分をうまくコントロールできないらしい。ちょうどいい、と辻はそのままレンを引き倒した。湿布だらけの背中が多少痛んだが、顔には出さない。

「え……えっ、えっ？」

「実験してみよう」

「つつつ、辻さんっ？　ひあっ、な、なにして……」

「うーん。オッパイがないってのはさみしいことだな……」

レンのTシャツの裾から手を入れて、胸をまさぐってみる。あの柔らかな感触がないのは、どうにも拍子抜けだ。指先に当たった乳首も、小さすぎて物足りない。財津や菊池はなぜこんな部位に、ああまで固執するのかと不思議に思う。

「辻さんっ、だ、だめですっ」

「こら、暴れんな。ただの実験なんだから」

「な、なんの実験なんですかっ」

「おまえにとっては、男とでもやれるんじゃないか、という実験だな」

そして辻にとっては、あれだけ男に抱かれているなら、男を抱くことだってできるんじゃないのか……という実験である。もしそうだった場合、辻の性生活はより広がり、ある意味人生が豊かになることになる。男相手なら妊娠させる心配もないではないか。だが今のところ、レンを押し倒していても興奮を感じてはいない。あまりに狼狽しているレンがちょっと面白い程度だ。

「ひゃあ！」

コットンパンツの上から、股間を軽く握ってみるとレンがおかしな声を上げた。

「おい、もうちょっと色っぽい声を上げろ」

「そ、そんなこと言われても……っ」

「なんだよ。ぜんぜん勃起してねえな」

「そんな罰あたりなことできませんっ」

そういえば、こいつは辻のことをマリア様に見えたと言っていた。神の母……いや、神の子キリストの母親に劣情など催したら、地獄行きは確約だろう。

「レン、俺はただの人間だぞ」

股間から手を離し、顔を近づけて辻は言った。

「ただの人間どころか、ヤクザだ。人としても最低の部類だ。……おまえ同様、いろんなとこから見放されて、真っ当な社会からはつまはじきにされてきた人間だよ」

顔をより近づける。レンは大きな目を見開いて、辻を見上げていた。

「……けど、辻さんは強いです」

小さな声が言う。

「その強さが、俺には眩しいです……俺は……親友の頼みを断れませんでした。いい奴だけど……金にはだらしなくて、連帯保証人になんかなったら、きっとひどい目に遭うってわかってたのに……いやだって言えなかった……バカで、弱いから……」

「そうだな。バカで、弱くて、優しい。そういう奴はいつも貧乏くじだ」

似たような人間を、辻はいやというほど見てきた。

利口で強かで、常に人を見下すような強者たちから、搾取されるばかりの弱い者。

弱者が生き残るには、群れるしかない。だから鰯(いわし)は大群を作るのだ。自然界の法則は人間の世界にだってあてはまる。もしかしたら、辻が極道という世界にいるのも、そういう理由なのかもしれない。弱者が集まり、暴力という力を得て——また違う弱者から搾取する。

正直、そんな繰り返しに嫌気がさす日もあるが、辻はほかに生き方を知らないし、舎弟たちを食わせていかなければならない。

「どうしたら、辻さんのように強くなれるんですか？」

真っ直ぐな瞳で聞かれて、辻は苦笑いを零す。

「さあな。企業秘密だ」

俺はそんなに強いだろうか、と自分に問いかけて、やめる。答などわかっているからこそ、その自問自答は避けなければならない。辻に許されているのは、強そうな顔をして生きていくことだけ——唯一、例外があるとしたら、財津と菊池のふたりに抱かれている時だけかもしれない。

ああ、そうか。

気がついて、納得して、少し呆れる。

強い極道、強い男。そんな枷から解き放たれたくて、辻はあのふたりとの関係を受け入れているわけだ。一種の逃避なのだろう。

「レン。おまえ、可愛いな」

そんな辻の虚勢にまったく気がつかないレンを、好ましく思う。できればこいつを助けてやりたいが、辻が半端に関われば、むしろレンを追い込むことになるかもしれない。

レンの前髪に触れる。

かき分けると、つるりとしたきれいな額があった。右端にまだうっすらと残る内出血を見つけて、そこに軽く口づけてみる。レンは僅かに身を竦め、だが辻の行為に強引さがないと知ると、やがて力を抜いた。なにかを決心したように、目を閉じる。まるで初めてキスをする処女みたいな顔に、辻は微笑んだ。

そっと口づけてみる。

親が小さな子供にするように。

もしかしたら、辻が今までしたキスの中で、一番優しいものだったかもしれない。レンの腕がおずおずと回ってきて、辻の背中に触れた。頭を撫でてやると、やっと抱きついてくる。なんだか変な気分だった。これは性的な抱擁ではないのだが、胸が少し苦しくなった。辻にはもう肉親は誰もいないが、弟がいたらこんな気分だったのだろうか。

「つ、辻さん……」

「ああ」

「もう一度……キスしてもらって、いいですか」

「なんだ。気にいったのか」

「き、気持ちよかったです」

素直な返答に笑い「おまえ童貞かよ。あんなのはキスのうちに入らねえだろ」と、再び顔を近づける。

今度はレンの顎を軽く上げさせ、最初はさっきと同じように軽く触れてから、深く合わせた。レンの手が辻の背中で、驚いたようにピクリと動く。閉じていた唇を舌で割って入り込むと、レンの指がスーツの生地をギュウと摑んだ。

もしかしてレンは、童貞どころかキスの経験もないのだろうか。

だとしたら、最初のキスが男相手になってしまったわけだ。ちょっと可哀想に思い、丁寧に扱ってやろうと辻は決めた。

一度唇を離し、何度か軽く啄(ついば)む。

ちゅっ、という小さな音を立てながら繰り返し、数度目にまた深く口づけた。今度は最初から緩んでいた口の中に舌を差し入れると、まだ怯えているレンの舌をそっとくすぐる。

「……んっ……」

レンの鼻から、少し甘い息が漏れた。悪くないらしい。こっそり目を開けてレンの表情を窺うと、閉じた瞼がピクピク震えている。なんだ、こいつ、マジで可愛いじゃないか……辻はそんなことを思いながら、レンの舌に、自分の舌を絡めてみた。唾液の音がして、いっそう深くなる口づけに、レンの鼻からまた息が漏れる。

「ん……ん、ふっ……」

「ちゃんと息継ぎしないと苦しいぞ」

「は、はい……ふっ……ん、ん……」

こいつにいつか好きな女ができて、その相手とキスをする時、俺のことを思い出すのだろうか……ふとそんな想像をしてしまい、辻は秘かに笑う。

レンは覚えのいい生徒だった。

ずいぶん大人なキスが成立し、淫靡な水音が響くようになった時、辻のスマホが鳴った。発信者は櫛田だ。行き先を告げずに出て行ったから心配しているのだろう。電話には出なかったが、辻はレンの上から退き「お遊びはおしまいだ」と立ち上がる。

「急に来て悪かったな」

「あの……辻さ……」

「おまえは【カイシャ】から足洗えるまで、ヘタに動かず大人しくしてろよ」

「あの、俺にできることがあったら、ほんとに……」

「ねえよ」

はっきり言いながら、靴を履く。

ドアを開け、脱力したまま畳に座っているレンを振り返ると、

「ま、俺が突然撃たれたりしないように、マリア様にお願いしとけ」

そんな軽口を叩いて出て行く。最後にレンが「辻さん」と呼んだのが聞こえたが、もう相手にしなかった。

道を歩きながら、櫛田に電話を入れて無事を知らせる。

『よかったです。すみません、ちょっと気にかかることがありまして』

「なにかありましたか？」

『神立さんのとこの若いのが、ウチの近くを嗅ぎ回ってる様子なんです』

「またあの野郎か……。しばらく泳がせておきましょう」

『わかりました。あと、なにやら菊池がふてくされた様子なんですが』

「ああ、それは殴っていいです」

櫛田が電話の向こうで笑う。下の連中に対してちょっと甘いところがある男だが、それでも皆の信頼を得ているのはさすがだ。

通話を終え、タクシーを拾うために大きな通りへと向かう。

少し暑くてコートを脱ぐ。

スーツの肘に不自然な皺があって、それがレンの摑んだ痕だとわかって苦笑した。

パンパンと軽くはたいて皺を取る。

この時は、思ってもみなかった。

数日後、レンにあんなことが起きるとは——想像もしていなかったのだ。

「直接の死因は脳出血らしいです」

業務連絡のように、淡々と財津は言った。

「身体中に擦り傷や内出血があり、リンチに遭ったことは間違いないでしょう。発見者は同じアパートに住む韓国人の中年女性。彼とは顔なじみで、トッポギのお裾分けを持っていったところドアが開いていて……倒れているのを見つけたそうです」

「ハハ。トッポギね」

乾いた笑いとともに、辻は吐き捨てた。

そんなものを近所のおばちゃんからもらっていたなんて、あいつらしいなと思う。いかにも中高年の女性から可愛がられそうではないか。

レンが死んだ。

辻が会った四日後のことだ。いたぶられて、ボロボロの雑巾のようになって、部屋でひとりで息絶えていたという。

「……警察は」

辻が聞くと、財津は「傷害致死で動いてるようですが……」と答える。

言葉の続きは辻もわかっていた。レンを暴行した連中は証拠を残すようなヘマはしていないだろう。場合によっては遠近が動くかもしれないが、レンがタナカの事務所で働いていたことを知っていれば、の話だ。レンとタナカを繋げる証拠はまず出ない。たとえばスマホひとつにしても、【カイシャ】で使うものは専用機が渡され、レンが使っていたものはとうに回収されているはずだ。

溜息も出なかった。

人が呆気なく死ぬことは、堅気の人間よりは知っているつもりだった。薬物に嵌まって死んだ者辻の兄貴分でも、命を落とした者がいないわけではない。詐欺グループに属し、名も何人か知っている。レンにしたって、堅気ではなかった。詐欺グループに属し、名簿の【練り】なんてシノギをしていたのだから、こんな顛末になっても不思議ではないのだ。

頭ではわかっているのに、気持ちとして納得できない。

死なないだろ。あいつは、死なないはずだろ。あんな無害なの、殺したってしょうがないだろ。ヤクザの顔見てマリア様だなんて抜かす、ちょっとネジが緩いような奴だぞ？　殺してどうするんだよ。意味ないだろ。無駄だろ。

「……なぜ殺したんでしょうね？」

辻の内心を読んだかのようなタイミングで、財津が言った。

「私も一瞬、彼が辻堂組に入りたがっていたことが露見して、その制裁を受けたのかと考えたのですが……殺すのはやりすぎだ。というか、むしろ危険です。人が死んだら警察が動きますからね、連中だって困るはずなのに」

財津の指摘はもっともだ。詐欺グループの制裁がきついのは辻も聞き知っていたが、殺すのはリスクが高すぎる。手足でも折って脅せばすむ話だ。

「……加減を間違えたんじゃねえのか」

「つまり、殺す気はなかったけれど、死んでしまった？」

「専門職じゃない限り、加減は難しい。アパートで死んでたのも変だろ。あのボロアパートでドタバタしてたら、絶対に隣か下が気がつく」

「ふむ。行ったことがあるんですね？」

言い当てられてギクリとしたが、顔には出さず「まあな」と答えた。

「ちょっと話を聞きに行ったんだ。収穫はなかったけどな」

「タナカと神立さんの件で？」

「ああ。誰かに見られるようなヘマはしてねえぞ」

辻はデスクで頬杖をついたままぼそりと言った。

財津が背後に回ってきて、辻の髪を撫でる。今は誰もいないにしろ、事務所でそういうことはやめろ……と言う気力もなかった。レンが死んだという報告は、辻にとって予想以上のダメージだったようだ。

「あなたのせいじゃありません」

「あたりまえだろ。俺のせいじゃない」

「自分を責める必要はありませんよ」

「責めてない」

「良典」

ふわりと、体温と匂いが降ってくる。背後からそっと抱かれ、辻は眉を寄せて軽く振り返った。

「ここでそういう真似はやめろ。あと良典って呼ぶな」

「私が啼かせるぶんにはいいんですが、ほかのことであなたが泣くのはつらい」

「泣いてねえよ。殺すぞ」

パシッ、と財津の顔を手の甲ではたこうとしたのだが、一瞬早く避けられてしまう。甥っ子と違い、あえて殴られたりはしない。

そういえば……。

「先生、事務所に菊池いたか？」

「拓也ですか？　いえ、見てませんね。櫛田さんと、他に若い子が三人いただけで」

「あいつ、レンの件知ってるのか？」

「私は言ってませんが」

「……いやな予感がする。菊池に電話を……」

辻が言いかけた時、ドアをノックする音がし、同時に「辻さん、緊急です」と珍しく慌てた櫛田の声がする。辻は椅子から立ち上がり、自らドアを開けて、事務所側へと移動した。財津もついてくる。

並んだ事務机のひとつで、吉住（よしずみ）という構成員が電話の受話器を持ったまま顔を青くしていた。辻は躊躇うことなくその受話器を奪い「もしもし」と喋る。

『あー、どうもどうも。はじめましてー。こちらタナカと言いますけどね。組長……じゃなくて社長さん？』

「そうだ」

『菊池拓也くんってのは、おたくの組員……じゃなくて社員さん？』

「ああ」

『そうですかー。よかったー。じゃ、引き取りに来ていただけますかねえ。とんだ暴れん坊で、取り押さえるのに苦労しましたよ』

「……場所は」

『またまた。知ってるでしょ？　だから菊池くんがここに来たわけだしさ』

確かに知っている。だが辻の情報源は遠近であり、菊池はレンから聞いたはずだ。

『早く来てくださいねー。僕、待たされるの大ッ嫌いなんで』

それだけ言うと、電話が切れる。

「辻さん。頭数揃えますか」

櫛田の言葉に、その場にいた者たちが一斉に立ち上がる。

「菊池を取り返しに行きましょう」

「おい、外出してる奴呼び戻せ」

「相手はチンケな詐欺集団だろ。潰しちまえッ」

血気盛んな連中は、一番下っ端の菊池のために勢いづいている。だが辻は「うるせえ。待て」とだけ言って、しばし黙り込んだ。まずは落ち着いて考える必要がある。

「……タナカはなぜ、電話をしてきた？」

ぼそりと呟くと、菊池より少し上の吉住が「そりゃ、菊池のことを知らせるためなんじゃ」と頭の悪い解答をよこす。

「違うだろ。あのバカはレンが死んだことを知って、後先考えずにひとりで乗り込んだんだ。そんな奴は半殺しにして、放り出せばすむことなのに、わざわざ連絡してきたんだぞ？」

「どうやらタナカは、辻さんに会いたいようですね」

　財津が言い、櫛田が「どうして……」と呟いた。

「単なる予想ですが、なにか取引をしたいんじゃ？」

「取引材料が菊池ってわけか。ありえるな。……先生、一緒に来てくれ。櫛田さんは、二、三人連れて、奴らの事務所付近で待機しててください」

「はい」

　辻は財津の車で目的地へ向かうことにした。古いビルのテナントが、奴らの現在の拠点であり、ここからそう遠くはない。

「私はなにをすれば？」

　運転する財津に聞かれて「俺が、やりすぎそうになったら止めろ」と答える。

「身体を張って、あなたを守る役目じゃないんですか？」

「あんたが俺を守る日が来るとしたら、法廷でだろ」

「そうならないようにしたいものです。まさか銃なんか持ってないでしょうね？」

「持ってない。持ってるとつい撃ちたくなるだろうからな」

　ほどなく到着し、辻はエレベータホールを確認したあとで裏手に回った。

　外階段を使って三階へと上がる。なにかあった時のため、逃走ルートを確保しておくのは基本中の基本だ。

もっとも、こんな町中で騒ぎを起こすほど、相手もバカではないだろう。

「お待ちしてましたよ、辻さん」

連中の事務所に入ると、小柄でにこやかな男が出てきた。

若い。

内心で驚いていた。辻の予想より、さらに若い。せいぜい二十一、二なのではないか。流行のウェリントン型眼鏡をかけて、ごく普通の大学生みたいな恰好をしている。もしかしたら本当に大学生なのかもしれなかった。

辻は「どうも」と言いながら、室内を確認した。

奥にドアがひとつ。長机、椅子、ホワイトボード、ファイル棚……固定電話はない。辻から離れた部屋の隅に、ボコボコに殴られた男が五人、椅子に座ったり、蹲ったりしていた。

「ひどいもんでしょ？　いきなり現れて、無差別に殴り始めたんですよ、彼」

「へえ、あれを菊池がひとりで？」

「そう」

「……なんだ、やればできるんだな、あいつ」

「はあ？」

「いやいや、こっちの話です。で、そのバカは？」

辻が聞くと、親指で奥のドアを示す。

「三人がかりで押し込めて、施錠しました。しばらく暴れてましたけど、辻さんを呼ぶって言ったら、途端に大人しくなって『辻さんは関係ない』とか言い出してね。関係ないんですか？」

「舎弟のやったことを、関係ないとは言わねぇよ」

「さすがです。では、そちらの業界で言うところの『落とし前』というのを……」

「まずは菊池に会わせてくれ」

辻が要求すると、タナカは「いいですよ」と肩を竦めた。

「僕ら怖いですから、辻さん行ってください。はい、鍵」

鍵を渡されて、辻は奥へと進む。ドアには一部磨りガラスが嵌まっていて、のそりと立っているシルエットが見えた。鍵を開けて扉を開くなり、菊池が「すんませんでしたッ」と勢いよく頭を下げる。

まず、辻はザッと菊池の身体をチェックした。

項垂れて、真っ直ぐ立っている。服に血も付着していないし、どこか庇っている様子もない。

「おい」

声をかけると顔を上げた。

口の横に内出血。頬が少しすり切れているが、ほかに外傷はなし。なるほど、一方的に暴れたというのは嘘ではないようだ。

「つ、辻さん……」

「まったく……バカにつけるクスリはないって言うがな……」

「ほんとに……すんません。けど、俺、レンのことが、どうしても……だって、あいつと俺はダチだったんです！　組は関係なくて、俺はダチとして、レンのため……」

「黙れ。ちょっと来い」

菊池を小部屋から出すと、ほかの連中が気色ばんでざわめく。辻はそれを無視して、菊池に「その机、どかせ」と命じた。菊池は一瞬戸惑ったが、言われるままに、壁のそばにあった長机を移動させる。さらに辻は、ホワイトボードもどかさせた。

すると、壁面の前に一定のスペースが確保される。

「うん。こんなもんか」

辻がぽつりと言った。

「辻さん、いったいなにを……」

怪訝な顔でタナカが近づこうとしたので、「ああ、そっちにいてくれ。危ないから」と言っておく。

「菊池。そこに立て」

壁の前を示して言った。

菊池は素直に従ったが、やや顔色が青ざめている。バカだが勘は悪くない男なので、なにかしら感じ取ったのだろう。辻はスーツの上着を脱ぎ、財津に差し出した。財津はそれを受け取りながら（まさか）という顔をする。こちらは頭も勘もいい男だ。

「さて、と」

辻はパイプ椅子を摑んだ。

脚の部分を軽く蹴って畳む。そしてそれを菊池めがけて振り上げた。菊池は目を剝き、ほとんど反射的に避ける。パイプ椅子が壁に当たり、グワッシャンと派手な音がする。

「てめえ！　逃げんじゃねえよ！」

辻は怒鳴り、菊池が「は、いッ、ひぃ！」と、返事なのか悲鳴なのかわからない声を出す。辻が再びパイプ椅子を振り上げ、今度は必死に動かないようにしていた菊池だが、当たる寸前どうしても身体が勝手に逃げる。パラパラと壁の粉が落ち「逃げんな、おら！　殺すぞ！」と辻が怒鳴った。菊池は「すんませんッッ」と叫ぶように謝って、その場にずるずる座り込んだ。

「てめえの、勝手で、俺が、どんだけ、迷惑すると、思ってんだ、よ！」

バキッ、ドカッ、ドゴッ、ベキャッ………。

辻の言葉と、破壊音が交互に響く。菊池は丸くなって床に伏せていた。せめて顔と腹は守りたいという姿勢だ。

そのぶん、容赦なく背中にパイプ椅子が当たり、もう声もない。辻のほうも、なにしろパイプ椅子を振り回しているので、ハァハァと息が上がっている。

「はー、ああ、くそ、疲れるなこれ……。おい、菊池、やりにくいんだよ、ちゃんと立ってろよてめえ」

「……ぐ、う……は……は、い……」

よろよろと、壁に寄りかかるようにして、菊池が立ち上がる。うわ、と誰かが声を上げるのが聞こえた。菊池の顔が赤く染まっているのを見たからだろう。鼻から下が血まみれで、顎を伝ってシャツまで汚している。

「よし。いいか、顔下げんなよ？」

「は、い…………」

「こら。よろけてんじゃねえ。俺が死んでいいって言うまでは死ぬな」

「……い……」

菊池はフラフラしながらも、必死に自立していた。鼻血を拭った手を壁につくので、白い壁に赤い手形が残る。おい、あれ、マジでやばいんじゃないか……と、また誰かの声がする。

「辻さん、もうそのへんで」

財津が菊池の前に立ち、言った。

「先生、どけよ」

「やりすぎです。舎弟を殺す気ですか？」

「可愛い舎弟だからこそ、俺が頭としてケジメをつけさせてんだろ？　菊池はタナカさんたちにご迷惑をおかけしたんだ。タナカさんが警察を呼んだら、こいつは傷害罪だぞ？」

「あなたのほうがよっぽど傷害罪ですよ。傷害致死になる前に、やめてください」

眼鏡のブリッジをクイと上げ、財津はほとほと困った、という声を出した。

「いや、まだだ。先生、そんなとこに立ってると怪我するぞ」

「ここで菊池が死んだら、タナカさんはもっとご迷惑です」

「こいつは頑丈だから、まだいけるって」

そう言って再びパイプ椅子を振り上げようとした辻の背中に、

「もう、いいです」

とタナカの声が届く。

振り返ってその顔を見ると、さすがに顔を歪め、呆れたように辻を見つめている。

これだからヤクザは、とその目が語っていた。

「わかりましたから、やめてください。死なないにしろ、こんなに騒いだらご近所に通報されかねない」

「そうか？」

辻は肩を竦め、パイプ椅子を置いた。

「ならこのあたりにしておくか。……先生、そいつ運んどいてくれ」

財津はやれやれという顔を見せ、甥っ子に肩を貸して歩き出した。ほとんど脱力した菊池は、半分引きずられるように歩く。ぼたぼたと、数滴の血が滴る。

「あー、悪いねータナカさん。床汚しちゃったよ」

「……壁もボコボコですよ」

「修繕費が必要なら、うちのツテで内装屋をよこしますよ。あと、そちらのみなさんの見舞金も、一人頭三万てとこでどうです？　……はー、腕が怠(だり)ィや」

右腕を軽く振りながら、辻はタナカと対峙した。

「五人で、十五万。たったそれだけで、コトを終わらせようと？」

「いやだなあ、タナカさん。菊池への仕置きを止めたのはあんたですよ？」

わざとにやにや笑って言う。

「辻さん、本気で殺しそうでしたからね。ヤクザは怖いなあ、ホント」

タナカもニコニコと笑みのままで返してきた。極道相手になかなかの度胸だ。

「なに、最近は暴対法に縛られてるヤクザより、もっと怖い組織があるからねえ。菊池にしても、自分のダチがその組織に殺されたんだって、頭に血が上っちまって」

「あれえ？　もしそれが野々宮レンのことなら、まるで僕たちが彼を殺したみたいじゃないですか……とんでもない誤解だなあ、それ。それとも、なにか証拠でもあるんですか？」

「ないねえ、証拠」

「ないでしょう、証拠」

お互いに、作り笑いを崩さないままで睨み合った。

こまっしゃくれたガキだな、と辻は内心で呟く。なんとも扱いにくい。辻は極道の世界で生きてきたのだから、荒くれ者たちとはそれなりに渡り合ってきた。義理と人情の極道者など、とうに絶滅している。面子ですら、以前より価値を失った。そして金と虚栄心はいまだ健在だ。

だが、タナカはそういうタイプではない気がした。

無論、金は好きだろう。

だがそれ以上にゲームを好む面構えだ。自分の持つ組織の成績を上げるゲーム。金を稼ぐゲーム。

……いや、いかに人を騙して、金を巻き上げるかというゲーム。

年寄りから、債務者から、誰からも守られない者から。

レンには耐えがたかったゲームが、こいつは大好きなのだ。

ぶん殴ってやりたい。

パイプ椅子どころか、机の角で頭カチ割ってやりたい。

そんな気持ちが瞳に出たのだろうか、タナカはジリッと後ずさって「証拠もないのに」と少しだけ声を上擦らせた。

「変な作り話はやめていただきたいですね。……ただ、まあ、野々宮に問題があったのは事実ですよ。暴力団と接触したり、ね」

「へえ？　そりゃよくないねえ。どこの組と接触しちゃったの？」

「……吊り目でにやついた、食えない男が仕切ってる組って話です」

「フーン、どこだろ。全然わっかんねえなあ」

辻は煙草を咥えて、わざとらしく首を傾げる。やはりタナカは、レンと辻の接触を知ったのだ。最初にレンを助けた時にいた連中が話したのか。

「ま、死んじまった奴について、ああだこうだ言っても始まんねえ。……じゃ、菊池はよーく叱っとくからさ。これで手打ちな」

菊池も財津もいないので、自分で煙草に火をつけながらそう言い、立ち去ろうとした辻に「待てよ」とタナカが声のトーンを低くして言う。

辻は振り返り、眉を上げてタナカを見た。

タナカも辻を見ている。凝視していると言っていいくらいに、だ。

「……返してほしいんですけどね」

「ァァ？」

なにをだよ、と問おうとした辻に、タナカは早口に「いや、だから、見舞金ですよ」と先に言った。

「十五万、くれるんでしょう？」

「……ウチの事務所まで、取りに来たらな」

「怖いな、暴力団事務所だなんて」

「なに言ってんだ。我が株式会社クロスロード・プランニングは健全な会社だぞ。おいでになれば、お茶も出しますよ？」

煙草の煙とともにそう言って、辻はドアを開けて出て行った。しばらく背後に注意しながら進んだが、追ってくる奴も、尾行(つけ)てくる奴もいなそうだ。

ビルの前で、車に乗った財津が待っていた。

辻は後部座席に乗り込む。奥には菊池がぐったりと座っていた。財津が貸してやったらしいハンカチを顔に当てている。半分以上真っ赤だ。

「すんませ……」

「いいから、じっとしとけ。先生、こいつんちに行ってくれ」

「はい」

財津の丁寧な運転で、車は菊池の住むアパートに到着した。古い物件だが、レンのアパートに比べればだいぶましだ。六畳のフローリングに小さなキッチン、ユニットバスもついている。

財津の肩を借りて、菊池が中へとはいる。辻もその後ろから、勝手に入った。場所は知っていたが、部屋まで入ったのは初めてだ。

「すんません……き、汚くて……座布団……」

「なにウロウロしてんだ。おまえはじっとしとけっての。ホラ」

辻は菊池をパイプベッドの上に座らせる。財津が濡らしたタオルを持ってきたので「貸せ」とほとんど奪うように取る。

「オラ、拭いてやる」

「え……あ、あの……辻さ……ふがっ」

「喋るなよ。タオル口に突っ込むぞ。……鼻血は止まったな？」

「んぐ……は、はい……」

ぐいぐいと乱暴に菊池の顔を拭き、次に辻は「上、脱げ」と命じた。菊池はおどおどしながらも、着ていたTシャツを脱ぐ。

その前に仁王立ちになり、座っていてもでかい菊池を見下ろし「右手上げてみろ」と命じる。

「ハ、ハイ」

「左」

「ハイ」

「右に身体捻る」

「ウス」

「左」

「ウス……いっ……」

左に捻った時に、強い痛みが出るようだった。脇腹に大きな内出血がある。辻がそこに触ると、菊池はビクリと震えたが、声は出さない。痛いのを我慢しているのがわかった。

「……骨はいってねえな。腰は平気か」

「あ……ハイ。……あれ、なんでだろ……。あんなにやられたわりに……俺、元気です……」

「そりゃよかったな、クソバカ」

辻は煙草を咥えて、ツンと横を向いた。

無言で立っていた財津が、阿吽の呼吸で火をつける。そして不思議そうな顔をしている甥っ子を見下ろしつつ「……なるほど」と呟いた。

「私も拓也が結構動けるので不思議だったんですが、今わかりました。辻さんは最初から、計算ずくで暴れていたわけだ」

「計算ずく……？」

「パイプ椅子、実際はおまえにたいして当たってないんだよ」

財津が辻に代わって、解説を始めた。

「え？　けど、それなりに当たって……」

「背中とか、尻とか、ダメージの少ない場所に当てていたんだ。なるべく面の部分をな。パイプのところは、壁や床にガンガン当てて、音を出していた」

「でも、顔面はもろに……」

「派手な鼻血は演出上どうしても必要だったんだよ。辻さんが本気でやってたら、おまえが歩いたり喋ったりできるはずない」

「それは……そう、か……」

菊池は鼻の下の乾いた血を擦りながら、呟く。

「あの場から、ただおまえを連れて帰ることはできない。なにしろ悪いのはおまえなんだから、圧倒的にこっちが不利だ。だから辻さんは、『詫び』の形を作ったんだ。

相手が呆気にとられるくらい、おまえをぶちのめすフリをした。状況をイーブンにして、おまえを連れ帰るために」

さすが弁護士、説明がうまい。

「辻さんに感謝しろよ、拓也」

「あ……っ」

菊池が慌てて床に降り、正座をしてがばりと頭を下げた。

「つ……辻さんっ、ありがとうございます！　俺、勝手な真似したのに……辻さんに迷惑かけちまったのに……！」

「俺だけの問題じゃない。組に迷惑かけたんだよ、てめえは」

「は……はい……」

萎(しお)れる菊池の後頭部を見下ろしながら「けど、まあ」と辻は続けた。

「あいつを……レンを殺した連中が許せねえって気持ちは、わからなくもない」

「辻さ……」

「気持ち、はな。だからって、単身で連中のとこに乗り込んでどうなるってんだよ。おまえはほんと、後先考えないバカだな」

「すみませんでした……俺、頭に血が上っちまって……。三日前、かな……レンと電話したこととか、思い出しちまって。あいつ……ほんとに、辻さんのことが好きで、辻さんのそばで働ける俺のこと、めちゃくちゃ羨ましがってて……あと、伯父貴のことも……」

「なんで私が出てくるんだ？」

財津の問いに、目を真っ赤に充血させた菊池が顔を上げる。

「伯父さんがいるなんて、いいな、って……。親に頼れなくて、高校もまともに行ってなくて、頭もよくないってとこは俺と同じだったけど……けど、俺は伯父貴がいたし、辻堂組で面倒見てもらえるようになって、辻さんや、櫛田さんや、ほかの兄貴分もできて。でも」

ぼろり、と菊池の右目から涙が零れる。

「でもあいつには誰もいなかった」

なぜか涙ではなく、鼻水を手の甲で拭い菊池は言う。手に鼻水と鼻血がついて赤くなる。

「あいつ、本当にひとりだった」

声が震えて、左目からも落涙する。

よく情けない声を出して泣きそうな顔をする菊池だが、本当に泣いているところは滅多に見ない。自分の痛みには耐えられるが、他者の痛みに共感すると我慢できなくなるタイプなのだろう。ことにそれが、心の痛みだった場合は。

本当にひとり。

菊池はそう言った。天涯孤独というやつだ。よく見聞きする言葉だ。けれど、それが実際どういうものなのかを知る人間はそう多くない。誰とも繋がっていない、誰も頼れない、誰にも期待できない——その状況を、リアルに想像するのは難しい。

誰かしら、いるんじゃないの？

親がいなくても、親戚とか。親戚がいなくても、友達とか。知り合いとか。でなきゃ行政だってあるでしょ。相談窓口あるでしょ。ネットで検索できるじゃん。

そんなふうに言えるのは、そいつが本当の孤独を知らないからだ。

経済的に庇護された子供として育ち、まともな教育を与えられ、友人や知人に金を貸してくれと真剣に頼む必要もなく、難なくスマホの新機種を持てる……そんな連中にはわかるまい。いちいち説明する気にもならない。自分がいかに惨めなのかという説明など、誰だってしたくない。

人は孤独に耐えきれない。

そういう動物だからだ。単体ではあまりに弱く、群を作らないと生存できない生物だからだ。やはり孤独な子供だった辻が、ヤクザになったのもそういうことだ。認めるのは悔しい気もするが、辻もまた孤独に耐えきれなかった。

だから、わかる。

レンの抱えていた孤独感が、いくらかはわかる。

それに共鳴した菊池の気持ちもわかる。言葉にはしないし、一緒に泣いてやるほど甘くはないけれど。

「言っとくが、次はねえぞ」

辻堂組の頭として、泣きべその舎弟に釘を刺す。

「同じことしやがったら、今度こそパイプ椅子で頭カチ割るからな。今回もそうすべきところだったんだが……まあ、おまえが死んだら、気軽に蹴れる頑丈なのがいなくなるし」

「ありがとうございますッ、俺、頑張って、蹴ってもらえるようにします……っ」

その返事はおかしいだろ、と思った辻だが「いいから、ベッドに座ってろ」と命じた。なるべく菊池にダメージがないようにしたとはいえ、相当な勢いで当てているのだ。しかも、菊池のバカが下手に動くので、もろにパイプの部分が当たったのも数発ある。下半身も、かなりのまだら状態になっているはずである。

「参りますね……辻さんには敵わない」

感心声の財津に「俺は暴力のプロだぞ」と薄笑いをくれてやった。

「プロは暴力の使いどころを考える。てめえの舎弟を無闇に痛めつけてもしょうがねえだろ」

「……ちょっと妬けます」

「はあ? なに言ってんのあんた」

「私は拓也のように蹴ってもらえないし……」

「ドSのくせに、Mのふりしてんじゃねえよ」

「もっと良典に構ってもらいたい」

背後からふわりと抱きつかれ、「やめろって」と肘で財津を押しのけた。それによって財津が数歩後ずさる。と、積み上がった雑誌の山が崩れた。一番上は漫画誌だったのだが、崩れた中から、予想外の本が顔を覗かせる。

「……国語?」

「あっ、わっ……!」

菊池は大きな身体でバタバタと動き、崩れた雑誌や本を積み直そうとする。せっかく再び積み上げた山を、辻は横から脚で蹴ってまた崩し、菊池が「ひぃぃ」と悲しげな声を上げた。

「どけ、菊池。なんだこりゃ……五年生の漢字……? 中学一年理科に、社会?」

学校教科書を詳しく解説した参考書や、漢字練習帳である。それがなぜ、菊池の部屋にあるのか。パラパラと捲ってみると、ちゃんと使ってあった。下手くそな字で、漢字の練習をしている。

「……なんだ、これ。おまえ、なにしてんの」

脱力し、ぺたりと座った菊池を見下ろすと、頭皮まで真っ赤になっていた。そんな菊池の代わりに、財津が苦笑して答える。

「なにってことはないでしょう。勉強してるんですよ」

「五年生の漢字ドリルで？」

「中学漢字をテストしてみたんですが、惨憺たる出来でしてね。もっと基礎からやらせてるんです。学科によりますが、特に国語系が苦手なので」

「そういやおまえ、書類書かせると壊滅的だもんな。字もひどいし」

「……すみません……」

菊池がさらに俯いて謝る。

「俺……ホント、読み書きが苦手で……文字が並んでるの見ると、それがなんか変な模様みたいに見えてきちゃって……」

でも、と菊池が顔を上げる。

「いつまでもこのままじゃ、辻さんの役に立てねえし……だから、伯父貴に頼んだんです。勉強、教えてくれって」

「……へえ」

「拓也、数字は強いんですよ。だから数学だけは、ほら、高校レベル」

なるほど、財津が手にしているのは高校の参考書だった。

「とはいえ、日常で使うのは国語力と社会常識ですからね。こいつは文字の形を認識するのが苦手なんです。書くのはある程度諦めるとして、読むのはもう少し頑張れそうなので」

「……へえ」

「辻さん、へえ、ばっかりですね」

財津に笑われ、辻は他に言葉を探したのだが、いい言い回しが見つからなかった。

菊池は相変わらず恥ずかしそうに、座り込んでいる。気が昂ぶったのか、また鼻血が出てきて、慌てて鼻の下を押さえる。

辻はその場にしゃがみ込んだ。

菊池と目線が同じになる。目を合わせる。驚いた菊池がそそくさと正座をした。

くしゃ。

くしゃくしゃくしゃ。

菊池の頭を撫でてみる。というか、髪をかき混ぜてみる。菊池はポカンと口を開けて、うっかり鼻の下から手を離し、また鼻血が垂れて、あわあわと手を戻す。

くしゃくしゃ。わしゃわしゃ。

出来の悪い犬だが、たまには褒めてやるべきだろう。

必死に漢字を学んでいる菊池をバカにするほど、辻はひん曲がった人間ではない。

「辻さん」

背後から声がしたかと思うと、脇の下に両手を差し入れられて、掬い上げられるように立たされてしまう。財津はそのまま辻をがっちりと抱いて「いいかげんにしてください」といつもより低い声で言った。菊池はまだぼうっとした顔で、辻を見上げている。

「先生？　なんだよ？」

「依怙贔屓(えこひいき)はよくない。私は非常に不愉快です」

「は？」

「今の頭くしゃくしゃには愛が感じられました」

「あんたの頭がぐしゃぐしゃなんじゃないのか？」

「嫉妬で多少混乱していることは認めましょう」

くるりと身体を返されて、顔が間近に迫ってきた。キスしようとする財津の顔を眼鏡ごと手の平で押し返して「やめろ」と拒絶した。

「うぐ……辻さん、眼鏡が曲がります……」

「むしろ叩き割ってやろうか。突然サカるんじゃねえ」

「嫉妬は恋の燃料投下なので」

「えっ、俺、伯父貴に嫉妬されたの⁉　お、俺、もしかして辻さんに愛され……」

ドカッ。

反射的に菊池の顔を蹴ってしまってから、しまった、と辻は思った。菊池は本日三回目の鼻血を流しながら、ベッドの上に倒れる。

こいつ、輸血しなくて平気だろうかと、さすがに辻もちょっと思ってしまう。菊池を覗き込むと、タラタラと指の間から血が流れているのだが、顔は不気味ににやついている。あと三リットルくらい血を抜いても平気なのかもしれない。

「俺……辻さんのためなら……ごふっ、命張ります……」

喉に血が回ったのか、変な音をさせながらも菊池が言う。

辻は「おまえは、とりあえず五年生の漢字を頑張れ」と命じておいた。

4

「なかなかドラマチックな展開ですねえ」

「…………」

「悪くない筋書き……と言いたいところですが、拉致監禁ってのはありきたりだ」

「…………」

「ま、たまにはこういうのも新鮮味があっていいんですが、問題は煙草が吸えねえことかな。悪いんですが手伝ってくれませんかね？」

「……おまえな、辻。黙っていられねえのか」

しかめ面で言う神立に、辻はニタリと笑ってみせた。

広く薄暗い空間に窓はなく、弱々しい蛍光灯が死にかけの蝉みたいにジィジィ鳴いている。あと数時間で切れそうだ。コンクリートが剥き出しの床、壁、天井。クラックも多く、鉄筋が露出していたりする。ポタポタと、漏水が一部のコンクリを色濃くしていた。

古いビルの地下空間――。

ここに着くまでは目隠しをされていたので、あくまで予想だが、間違っていないだろう。すでに取り壊しが決定している廃ビル。つまりは無人。地下なので、叫び声をあげても無駄という、監禁に向いたロケーションである。

「頼みますよ。俺のポケットに入ってますから」

「おまえ、ちょっとはビビっとけよ。拉致られて、縛られて、ヘタしたら死ぬかもしれないって場面なんだぞ？」

「そりゃ大変だ。なら生きてるうちに吸っとかねえと」

しゃあしゃあと言う辻に、神立は溜息をつきながらも身を屈めて、煙草を咥えさせた。辻は両手を背中で拘束され、地下に放置されていたオフィス用の椅子に座らされている。脚にキャスターのついた、よくある事務椅子だ。

神立に火をもらい、咥え煙草で「どうも」と礼を言う。拉致られた時に暴れたので、上等なスーツと髪が乱れているが、大きな外傷はない。

深く吸って、煙を吐いた。あやふやな白が、拡散していくのを眺める。

狙われたのは、ひとりの時だった。

それなりに場数を踏んできた辻だが、相手が三人となると分が悪い。車に押し込まれ、連れてこられた地下に、神立がいた。

三人は見張りのためか、それぞれ散っていったので、今はふたりだけだ。

「昔から、気にくわねえ野郎だったよ。おまえは」

辻の横、壁に寄りかかって立つ神立が言う。

「目つきの悪いガキで、生意気で、なのに和鴻の兄貴はやたらおまえを可愛がるしよ。てめえの組を仕切るようになってからはますます増長しやがった。女はとっかえひっかえだし、舎弟らはまるでおまえのファンか親衛隊だし……」

「いやいや、そんなことありません……って謙遜したらいいんですかね？」

「余計ムカつくからやめろ」

「わかりました。でも困るんですよね。俺がモテるのは俺のせいじゃねえし」

煙草を咥えたままなので、喋りにくい。辻はプッと煙草を床に捨て、自分の靴裏で踏み消す。

「…………」

「けど、神立さんがモテないのは、神立さんのせいじゃないですかね？　ああ、顔の問題じゃないですよ？　男前じゃないにしろ、許容範囲の顔だと思いますし。それより、金のほうかな。女は金持ちは好きですけど、金に汚い男はモテないんですよ。金のことばっか考えてると、品のない顔になっちまいますからねえ」

「…………てめえ、殺されたいのか？」

「殺します？」

「タナカが来たらな」

「おっかねえ。ちびりそうだ」

ククッと笑い、辻は軽く床を蹴る。キャスターが動いて、椅子が少し後退した。すぐに壁に当たって、止まる。

「神立さん。聞いていいすかね？」

「だめだ」

「なんであんなクズから金なんか借りたんです？」

神立の言葉を無視して質問すると、口を曲げて黙る。

「会長(オヤジ)があの手の半グレを嫌うのは、よく知ってるでしょうに」

「……………」

「俺に言ってくれりゃ、多少は」

「てめえになんか死んでも借りるかよ」

「ひでえなぁ」

「用立ててくれんなら、べつに誰でもよかったんだよ。詐欺もヤクザも、似たような真似してるじゃねえか」

「そりゃあそうだ。むしろシノギが被るから、仲良しこよしになれないわけですし。

……それにしても、やっぱり不自然なんだよな。あんたは女にモテなくて、金に汚くて、俺がえみりとイイ仲だったことをオヤジにチクる卑怯者ですが、組を無下にはしない。唯一の自分の居場所だからだ。だったら、わざわざタナカから借りなくても」

「……百や二百じゃねえ。用立ててくれる先を探す時間が惜しかったんだ」

吐き捨てるように、神立は言う。辻は事務椅子を九十度回転させ、苦々しい顔の男を見上げ「それって」と聞いた。

「娘さんの病気に関係あります？」

神立は目を剝いて絶句し「な……」と言葉を詰まらせた。なぜ知っているのかと驚いたのだろう。無理もない。神立に娘がいることは、和鴻ですら知らないはずだ。

「まだウチの構成員になる前、地元の元同級生とつきあってて、妊娠させた。彼女は堅気で、しかも親父は警察官。二度と娘に近づくなと言われて、実際ずっと会えなくて……でも、最近知っちまった。高校生になった娘が、深刻な病にかかっている」

「…………辻、おまえ……」

「助かるためには、海外で臓器移植手術を受けるしかない。だが、それにはとんでもない費用がかかる。なんだかんだで億単位だ。あんたには土地を転がしてできたそこそこの資産があったはずだが、全部処分してる。それでもまだ足りねえだろう」

呆然とした顔で、神立は辻を見つめていた。

ふたりが黙ると、また蛍光灯がジイッと音を立てて、瞬く。

「ヤクザも人の親……ってことですかね。まあ、同情はしますが、かといってあんたがタナカと組んだのは気にいらない」

「野々宮とかいうガキなら、やったのは連中じゃねえぞ。そりゃ、リンチはあっただろうが、殺したら厄介なのはあいつらだってわかってるはず……」

神立の言葉に被って、足音が聞こえてきた。

「ようやく真打ちのご登場か」

辻が言い、神立は表情を硬くする。

階段を下りているとおぼしき足音が、やがて平面移動になり、近づき、視界の中にタナカが入ってくる。グレーのニット帽に、黒いダウン。眼鏡をかけた、ごく平凡な学生風情の恰好。

だが縛られた辻を見つけて笑った目は、真っ当な人間のものではない。

「あはははは、辻さん、いいねえ！　縛られるの、似合うねえ！」

「そりゃどうも」

タナカの後ろには、男がふたりいる。服装こそタナカと同じように目立たないものだが、体格からして明らかにボディガードだ。

「神立さん、お疲れさま、わりとすんなりいったじゃない」

「……奴がひとりになる時間帯は、把握してるからな」

「で、アイテム回収は？」

「身体検査したが、持ってなかった」

くぐもった声で神立が答える。

「え、それじゃ困るよ。僕はヤクザじゃないんだから、この人を縛って殴っていたぶる趣味はないし、そんなにヒマでもない。……うーん、辻さん、アレどこなんです？」

「なんのお話ですかね？」

言い終わったと同時に、左耳に破裂音と衝撃が来た。辻の脳内にキーンといやな音がする。

「おとぼけは困るんですよね！」

タナカの声が聞き取りにくい。こりゃ鼓膜イッちまったなと思いながら、やや遅れて頬にひりつく痛みを感じた。浅く切れたようだ。タナカの爪が当たったのだろう。この野郎、結構殴り慣れてるじゃねえかと内心で舌打ちする。

「アレをなくすとね、僕がやばいんですよ。ホント、マジヤバなんだよな〜。えーと、辻さん、ちょっと上向いてもらえます？　そうそう、そこでキープ。はい、じゃ、お願いね」

前に出たのはボディガードのひとりだ。

あ、こりゃ来るな、と思った辻は歯を噛みしめた。せめて自分で舌を噛む事態は避けたい。タナカはスマホを出して、鼻歌交じりにこっちに向けている。写真を撮るつもりなのだろう。

ズガッ、と来た。

殴られた顔より、先に首が痛む。勢いでねじ曲がったせいだ。

一拍おいて、顔だ。よく体重が乗っていて、結構きつい。キャスターが動いたせいで、辻は椅子ごと半回転した。タナカが「あらら、後ろ向いちゃだめじゃん」と言い、殴った男が椅子を戻す。鼻の下が濡れるのを感じ、辻は顎の力を抜く。鼻血を流したまま鼻呼吸すると、噎せて大変な目に遭うのは知っている。

「はい、撮るよー」

男が辻の髪を掴み、上を向かせた。カショッ、と馴染みの音がしてフラッシュが光る。なぜ写真を撮るのか、なにに使うのか、考えるまでもない。

「えっと、神立さん、これ誰に送ると展開早い？」

「後先考えず、すぐ動くなら菊池です」

神立の言葉に、辻は顔の痛みに耐えながら「無駄だ」と言った。

「あのバカはなにも知らないぞ」

「ふーん、辻さんにダメって言われると、ますます菊池くんに送信したくなるね？

パイプ椅子でやられまくってたドMの子でしょ? 辻さんに心酔してるって聞いてるし、バカそうだから、適役じゃん。辻さん、彼のアドレス教えてよ」

「俺がわかる」

神立が言うと「じゃ、写真そっちに送るから、神立さんから呼び出して」とタナカが操作をした。辻はもう一度「やめろ」と言おうとしたが、鼻血が喉に回ってきて、無理だった。血の塊を吐き出しながら、タナカを睨みつける。

「大丈夫だよ辻さん。菊池くん、すぐ来てくれる。お宝持って」

「……奴は在処を知らない」

「あはは。辻さんが食い下がるってことは、知ってるんだろうな」

「タナカさん……あんた、ヤクザ舐めてると痛い目を見るぞ……?」

睨み上げて言うと、タナカは楽しそうにぴょんぴょんと二歩跳ねて、辻のすぐ前まで来た。

身を屈め、顔を間近に寄せてきて「それはこっちの台詞なんですが?」と言う。眼鏡の下で、瞳がやばい感じに煌(きら)めいていた。辻の顔の下半分をべたりと撫で、手の平についた血を翳してみせる。

「とっくにオワコンのくせに、いつまでもいきがってるからこうなる。あんたらみたいに組織に縛られている連中より、僕らはずーっと身軽でフレキシブルなんだよね。

こないだの事務所もとっくに畳みましたよ？　ガサ入れされる前にお引っ越しだ。だいたい、警察もあんたも、僕の本名すら知らないじゃん。なのになにができるって言うんです？　なんなら野々宮レンを生き返らせて、僕を傷害罪で訴えますか？　言っときますが、殺してはいないですよ？　殺したら、USBの在処がわかんなくなっちゃうしねえ。死にたくなかったら持ってこいって言ったのに、勝手にアパートで死んでるし。すんごい迷惑ですよ。ったく、あえて金庫じゃないとこに隠してたのが裏目に出るとはね。ガチガチにコピーガードしてるから、複製は作れなかったし」

辻は黙ってタナカの顔を見ていた。

USBメモリ。

それがキーアイテムなのだ。

タナカが隠し持っていたものをレンが持ち出し、今は辻に渡っているとされているもの。なんらかの重要なデータが保存されたメディア。

菊池がタナカのところで暴れた日、帰り際にタナカは言った。

返してほしいんですけどね、と。

その言葉が辻の中でどうにも引っかかっていた。あまりにも唐突で意味がわからず、なんのことだと聞いたら見舞金のことだと返された。その時はそのまま流したが、よく考えてみれば変だ。見舞金は『返す』ものではない。

あれは、鎌をかけたのではないか。

辻はそう予測した。タナカはなにか重要なモノをなくしたか奪われたかして、その犯人を辻だと考えたのでは？　だが、あの時点で辻が関わっている確証はなかった。だから中途半端な聞き方をして、辻の反応を見ようとしたのだ。事実、あの時は辻もUSBのことなどなにも知らなかった。

だが数日後、事態は変わった。

「まさか、レンが菊池くんとだけじゃなく……辻さんとまで仲良しだとはさァ。あいつのボロアパートまで行ってるなんて、びっくりだよー」

辻がレンのアパートに出向いたことが、どこからかタナカの耳に入ったのだ。それにより、タナカの中の疑いは確信に変わった。自分の命運を握るUSBを所持しているのが、辻だという確信である。

タナカは神立に命じ、辻を拉致させた。

神立は金を借りている以上、その命令を断れない。かくして、現在に至る。

「僕って、ほら、見た目は普通でしょ？　虫も殺せない優しい人っぽく見えるし」

血で汚れた手の平を、辻の膝で拭いながらタナカは言う。

「ほんとに虫殺せないしね。怖くて。都会生まれの都会育ちだからさ。でも、虫が殺せないからって、人間が殺せないってわけじゃあないよねえ。ところがヤクザはさー、滅多に殺さないじゃない？　組対に見張られてたり、指紋採られてる奴も多かったり……リスクでかいもんね。でも、僕らそんなことないから」

タナカが喋っている横で、神立が電話をしている。菊池と喋っているのだろう。血相を変えて駆け出す菊池の顔が目に浮かぶようだ。

「まあ、まだ殺したことはないんだけどね。殺すまでしなくても、山の中でさ、首まで土に埋めてひと晩放置したら、だいたいみんな改心してくれるし、心から僕に協力してくれる。おかげで、どうしても殺さなくちゃって場面にまで、なかなか至らないんだよね～」

「菊池、すぐ来るぞ」

神立が言い、タナカは「あ、ホント」と頷く。

「ＵＳＢは？」

「持ってくる。単車飛ばして、二十分もありゃ着くだろう」

「よかったよかった。じゃ、そのあいだ、僕がオレオレのプレイヤー時代に活躍した話でもしてようか。楽しい逸話がいっぱいあるんだよ！」

嬉しそうにタナカは言った。プレイヤーというのは詐欺稼業の中で、実際に電話をかけるなど、詐欺行為そのものをする担当のことだ。かなりの演技力が要求されると聞いたことがある。

タナカは自分用の事務椅子を持ってきて、辻の前に座り、生き生きと語った。

自分がどれほど、人を騙せるか。自分がどんなに、嘘がうまいか。

男を騙し、女を騙し、老人は山ほど騙し、一度騙した奴は『おかわり』し、精神的に追い詰めて、有り金すべて毟り取り――、

「死んだ奴もいたよ。自殺しちゃったの。老後の資金もなくて、面倒見てくれる家族もいなくて、悲観したんだってさ」

ケラケラと笑って、椅子をぐるぐる回転させながら語る。

今自分が縛られていてよかったな、と辻は思った。もし自由の身だったら、こいつを死ぬまで殴って、臭い飯を食う羽目になっていただろう。辻自身もヤクザであり、クズであり、タナカと大差ないと言われればそれまでだ。だから善い悪いの話をするつもりはないが、生理的に無理だ。この手の野郎には、虫酸が走る。

地下空間はタナカのソロステージよろしく、ペラペラと奴は語り続け、二十分はすぐに経過した。

見張り役が、ぜいぜいと息を切らした菊池を連れてくる。血まみれの辻の顔を見て、菊池の肩が怒り、髪の毛がぶわりと逆立った……ように見えた。少なくとも、辻にはそういう憤怒のオーラが見えたのだ。本物の獣みたいだなと思う。

「辻さ……っ」

「おっと、まだだよ忠犬」

辻に駆け寄ろうとした菊池の身体を、ボディガードがふたりがかりで止める。菊池は拳を固く握って「辻さんを解放しろ！」と怒鳴った。

「するよ。きみがUSBを渡してくれたら」

「……本当だな」

「ほんとほんと。あ、ところできみがここに来たこと、知ってる人いる？」

「………………」

「正直に言わないと、辻さんの耳落とすよ？」

パチンとバタフライナイフを広げ、辻の耳の下に当ててタナカが笑う。菊池は顔を歪め「だ、誰にも言ってない」と答える。

「えー、なんか怪しいなあ。きみっていろいろ顔に出るタイプだし」

「本当だ！　出る間際、櫛田さんにどこ行くか聞かれたけど……て、適当なこと言って振り切ってきた。だから、誰も知らない！」

「ふーん、櫛田、ね。……まあ、いいや。はい、USBよこして」

タナカがナイフをしまい、ぬっと手を出す。菊池は革ブルゾンのポケットから、USBメモリを出した。ケース部分に雑な筆跡で日付だけが書いてある。

「うん」

タナカは日付を確認し「どうもありがとねー」と菊池に笑いかける。

「あー、よかった。これ戻らなかったら、僕の耳が落ちるところだよ。……いや、耳くらいじゃすまなかったかも。逆に、きみらはこれから指の何本か落とさなきゃならないね。あはは」

……どういう意味だ？

なぜ辻たちが指を落とす羽目になるというのだろうか？　辻も菊池も、ＵＳＢの中身を知らないので、意味がわからない。だが今はその心境を顔に出すことはせず「おい」と辻はタナカに声を掛けた。

「用はすんだだろ。解け」

「え、やだよ」

タナカがあっけらかんと返す。菊池が「てめえ！」と意気込むと、ボディガードのひとりに羽交い締めにされた。

「だって、絶対報復するじゃない、おたくら。ヤクザってそういうもんでしょ？」

「放せッ、放せぇ！　つ、辻さん！」

「……うるせえぞ、菊池。少し黙ってろ。……まあそうだな。あんたのいうとおりだよ、タナカさん。こんだけされたら、報復しないとカッコつかねえしな？」

「だよねー。だから僕としては、ホントは殺しちゃいたいんだよ。ふたりとも」

暴れていた菊池が、ギクリと固まる。

「死人に口なしっていうもんな」

辻が言うと「そうそう」と頷く。

「けどさあ、菊池くんはともかく、辻さんが死んだら、絶対に和鴻会長が動くし。それも面倒だし。約束もあるし……」

約束? 誰となんの約束をしたというのか。辻が考えていると、裏切り者の神立が「殺すっていうなら……一応、あるぜ」と例の代物(しろもの)を取り出した。それを見てタナカが目を見開く。

「拳銃! すごい!」

「……辻は油断がならねえからな。俺だって、まだ死にたかねえし」

リボルバーを握った神立が言う。この男なら、アシのつかない銃を用意するのは簡単であり、流れとしても自然だ。

「神立……ッ、てめえ……!」

菊池はますます暴れたが、羽交い締めにされたまま、もうひとりに殴られるだけだ。どう考えても、圧倒的に不利な状況である。

タナカは新しい人気ゲームを前にした子供のように「なあ見せて、触らせてよ!」と神立に寄っていく。神立は「気をつけろよ」と言いながら銃を手渡した。

「おお。やっぱ重いね」

タナカが頬を紅潮させ、さっそく構えて銃口を菊池に向ける。菊池がピクリと反応し、目を見開いた。神立が「おい」と苦い顔をする。

「アハハッ、ふざけただけだよ。殺さない殺さない。でも、うわあ、撃ちてぇ〜」

銃口を上に向け「バァン！」と言って、ギャハハハと笑いだす。目つきがやばい。クスリをやっているわけでもなかろうに、いきなりの躁状態だ。こういうのは絶対舎弟にしたくねえなと、辻は心から思った。

ふいにタナカが銃を下ろした。笑みを消し、天井を見上げてなにか考えている。何度か瞬きをしたあと「ウン」と納得したような顔を、辻に向けた。

「僕、これから逃げるんだよね」

辻はなにも答えず、だがタナカから視線を逸らさない。

「なんかね、警察の動きが妙でさ。番頭(ぼく)がヘマすると金主(オーナー)に迷惑かけちゃうんでね。それだけは避けないと、マジ命に拘(かか)わる。まあUSBは返ってきたし、あとは逃げるだけ。……けど、逃げてる途中で茶々が入ると困るんだよねー。ヤクザが追いかけてきたりするのは、困るの」

銃口が、辻に向けられる。

菊池が獣のような声をあげ、タナカは「きみ、ウルサイ」と顔をしかめた。

「殺しないって。でも、しばらく動けないくらいにしとくのは、アリなんじゃないかなあ？　アリだと思うんだよね。必要な措置だと思う。うん」

「……要するに、あんた銃をぶっぱなしたいだけだろ」

久しぶりに言葉を発した辻に、タナカは真面目な顔で「やっぱそう思う？」と問い返してきた。

「僕もちょっとそんな気がしてる。でもそんな自分が結構好きなんだよね……辻さん、どこ撃たれたい？　肩とかどうかな。あ、でも初めて撃つから、ちゃんと狙えないかもしれない」

一度銃を下げ、タナカは歩き出した。

辻に向かって、一歩ずつ近づく。

「至近距離からが安全策だよね」

緊張か興奮か、少し声が上擦っていた。

カチン。

安全装置の外れる音がする。それに被って、菊池が叫ぶ。ほとんど悲鳴だ。

バカ。そんな声出したら喉破れて血が出るぞ。なに涙目になってんだ。いくら暴れたって、ふたりがかりで押さえられてたら無理だろう。

あーあ、噛みついてどうすんだよ……ほら、殴られた。言わんこっちゃねえ。

まったく、俺のことになると見境のないバカだ。

あんなに蹴られて罵られて、それでも俺が好きだっていうんだから、ほんとにバカだよ。漢字の練習までして、俺に褒められたがってんだから……。

クスッ、と辻は笑ってしまった。

頭を撫でたときの、菊池のアホ面を思い出したからだ。だがタナカは自分が嘲笑されたと思ったらしく、「さすがヤクザ。度胸据わってる」と頬を引き攣らせた。

「ここ、鎖骨でしょ。鎖骨の上と下、どっちがいいのかな。動脈あるとこだと、死んじゃうかもしんないよね……」

ゴリゴリと、銃口が辻の鎖骨を嬲る。

「殺さない予定だったんだけど……でもいいか……だって殺すつもりはなくても、間違っちゃうってことはあると思うし……」

ぶつぶつとタナカは言う。目の動きが、明らかにおかしい。さすがに辻もいい気分ではない。冷や汗が脇腹を伝っていくのがわかる。

「痛かったら、ごめんね」

タナカが笑った。バッタの脚を毟る前に、子供が詫びるみたいな顔だった。

やめろ、という菊池の絶叫が地下に響く。

辻は初めて目を閉じて、深呼吸をひとつした。

銃口がより食い込む。鎖骨の下だ。鎖骨下動脈ってのがあったよなあ、と思い出す。失血死ってどうなるんだっけ？　動脈が傷ついて急激に失血すると、ショック症状が起きる……なんて話を聞いたことがある。

まあ、人はいつかは死ぬものだ。

これはかりはどうしようもない。避けようがない。しかも死というのは残酷なもので、真っ当に生きたからといって、平穏に死ねるとも限らない。善人でも病で苦しむ場合もあるし、突然の事故で車に潰されるかもしれない。

まして、極道者の自分が、まともに死ねるはずはないのだ。

道を外す、というのはそういうことだ。人生の最後を穏やかな気持ちで過ごしたいなど、おこがましいにもほどがある。

ろくでもない死に方をする覚悟は、できている。

……とはいえ、

「はーい、そこまでー」

それは今日ではない。

「全員動くなー。動かないでー。動くと撃つよー。僕あんまり射撃うまくないから、へんなとこ撃つかもしんないよー」

どかどかと入り込んできたのは、遠近率いる警察御一同だった。総勢八名。全員が防弾チョッキを着用し、銃を構えている。

目を見開いて凍りついているタナカに、カピバラみたいな遠近がのそのそと近づいてきた。

「ほら、銃下ろして」

命じられたタナカは、突然の展開にすっかり動転し、「ひっ」と叫びながら、今度は遠近に銃を向ける。遠近は顔色を変えることなく、自分の銃は下ろしてしまい、

「それ、弾入ってないから」

とあっけらかんと言った。

虚を衝かれたタナカが、体格のいい警察官に引き倒され、コンクリートの床に確保される。ボディガードふたりも同様だ。菊池は口を開けたまま突っ立っていて、神立は「フー」と大きく息をつき、肩を下げる。

「通称タナカ、本名倉吉洋佑(くらよしようすけ)、拉致監禁と暴行と、銃の所持と、えーとあとは……殺人容疑も入れとくか。とにかく、逮捕します」

遠近の言葉と同時に、タナカの後ろ手に手錠がかけられる。

「……遅いですよ、遠近さん」

辻が文句を言うと「タイミングってもんがあるの」と言い返す。

神立に拘束を解いてもらいながら、辻は引きずられるように連行されるタナカ……もとい倉吉を見ていた。倉吉は悪鬼のような形相で振り返り、「てめえ！　覚えてろよ！」とありきたりな台詞を吐いた。いやいや、覚えてて欲しいのはこっちだよと辻は思う。辻としては、警察に引き渡すよりも自分で奴をシメたいところなのだが、今回はこれがベターな選択だと我慢したのだ。

「つ、つ……辻さん……っ」

菊池が転びそうになりながら駆け寄ってきて、まだ座っている辻の膝に縋った。

「い……生きてる……辻さん、生きてる……っ、よかった……！」

「おい、こら、おまえの鼻水で俺のスーツを汚すんじゃねえ。あー、もう、煙草が吸いたくて死にそうだぜ」

「ハイッッ」

菊池が嬉しそうに煙草を出し、辻に咥えさせて火をつけた。

ずっと拘束されていたので、腕と肩が怠い。辻は両腕を上にあげて「ウーン」と伸びをする。ああ、煙草がうまいなと思う。神立が複雑な表情で「お疲れ。なかなか役者じゃねえか」と言った。

「叔父貴もまずまずの芝居でしたよ。あのチャカ、ほんとに弾抜いときました？」

「入れときゃよかったよ」

その返事に辻は笑う。遠近が近づいてきて、

「辻さん、本物のUSBはどこ？」

と聞かれ、「知りませんよ」と肩を竦める。

「奴が勝手に俺が持ってると思い込んでただけで、こっちはそれがどういうお宝なのかもさっぱりだ。とにかく俺が狙われるのはわかってたから、神立さんと相談して、先にひと芝居打つことにしたんです」

「でも、ケースの日付を知ってたじゃない。だから偽装できたんでしょ？」

遠近の疑問に、神立が「子飼いを潜入させてたんでね」と答える。

「うちの構成員じゃあないが、貸しのある若いのをひとり。USBがなくなったってわかった時、タナカは半狂乱で、その場にいた全員に探させたそうです。その時に、ケースの特徴を喋ってますからね。黒いUSBに、白いペンで1207」

「そういうわけです、遠近さん。とはいえ、まったく同じに書けてるわけないから、そこは賭けでしたよ。まったく、こんなに頑張っておたくらに花持たせたんだから、ちったあ感謝してください」

辻の言葉に、遠近が梅干しを食べたような顔で「しないよ」と即答した。

「バカを言わないでほしいね。警察がヤクザに感謝したらおしまいでしょ」

刑事のひとりが「遠近さん、先に出てます」と声をかける。

おそらく今回は、組対と捜査二課の合同チームだろう。

「そっちのきみは名演だったね」

遠近が菊池を見て言う。

「叫び声とか、真に迫ってたじゃない」

菊池は「はい、あ、え？」といまだ状況を把握していない顔だ。

「こいつは、なんも知らないですから」

辻は笑って説明する。

「……知らないって……作戦の説明してなかったの？」

「俺は拉致られるけど、作戦があるから大丈夫だ。おまえは神立から連絡が入ったら、このUSB持ってこい。あと、この件は誰にも言うな。……くらいは言っておきましたけど、銃に弾が入ってないとか、警察来るとかは知りませんよ」

「ハイッ、知らなかったっす！」

溌剌と、菊池が言う。

「きみはそれでいいわけ？」

遠近がやや呆れた顔で聞くと「俺はもう、辻さんが無事だったならそれだけで！」と満面の笑みで答えた。辻の足元に座り込んだ菊池を見下ろした遠近は、眉をギュウと寄せて「わー、この子気持ち悪いねえ……」と呟いた。

今回の段取りを考えたのは、辻と財津だった。

警察とヤクザが組むのは、表向きは御法度である。表がある以上、当然裏もあるのが世の中なわけだが、そういったダブスタを和鴻会長は嫌う。従って会長は頼れなかったし、神立を除き、組の関係者にも伏せていた。情報はどこから漏れるかわからないものだ。無論、和鴻会長には事後報告を入れることになる。辻は懲罰の対象となるかもしれないが、それでもタナカを潰したかったし、その必要はあった。自分の判断が間違っていたとは思わない。

「ひどいですよ、頭。私にも教えてくれないなんて」

不満を露にして言うのは櫛田だ。

早朝、辻と菊池は事務所に戻っていた。舎弟たちはまだ事務所に出ていなかったが、働き者の櫛田は来ており、辻のワイシャツについた血に瞠目したのだ。かいつまんで事情を話すと、さすがの櫛田もむくれ顔を見せた。

何度も「ひどい」と繰り返す右腕に、辻は苦笑いしながら詫びるしかない。

「すみませんでした。話そうかとも考えたんですが、櫛田さんは心配性だから……危険すぎるって反対されるのが目に浮かびましてね」

櫛田の用意した氷嚢で顔を冷やしながら言う。このところ、殴られる機会が多くてなかなかきれいな顔に戻れない。

「そのとおりです。危険すぎます」

「やっぱり」

辻の前に救急箱を置きながら「ですが」と櫛田は言い添える。

「それでも頭（カシラ）がやると決めたなら……自分は手伝いたかったです。こんな自分では、お役に立てなかったかもしれませんが」

「まさか。ただ、今回必要だった役者は、ああいうバカだったたってだけで」

部屋の隅に立っている菊池を指さして言う。

「櫛田さんの活躍どころは、むしろこれからですよ。オヤジにどう報告したらなるべく怒られなくてすむか、一緒に考えてください」

辻が頼むと、やっと櫛田も「わかりました」と頷く。

「やれやれ……。まあ、辻さんの無茶は今に始まったことじゃありませんし……。振り回されるのには慣れてます」

耳の下が浅く切れていた。タナカ……いや、倉吉か。どっちでもいい。奴のナイフが掠めたのだろう。たいした傷ではないが、櫛田は慎重に絆創膏を貼ってくれる。

「すんません、ガキの頃から扱いにくくて」

「とにかく、ご無事でなによりです。タナカは今頃ほぞをかんでるでしょうね。名簿のデータが手に入らなかったどころか、警察が現れたんですから」

ククッ、と櫛田が笑い「現場を見たかったものだ」と続けた。辻は貼り終わった絆創膏を撫でながら「……ええ」と頷く。

「あいつの驚いた顔は見ものでしたよ」

言いながら、喉の奥になにかひっかかったような違和感を覚えた。辻は絆創膏を押さえていた指をゆっくりと喉まで移動させ、ついでにネクタイのノットに触れる。そこを緩めてシュッとタイを抜くと、財津が近づいてきて手を出す。タイを渡しながら、辻は「先生も、お疲れさんだったな」と上目遣いに言った。

「いえ。私は体を張ってませんから」

作戦中、財津は外で待機していた。

辻の服にとりつけた隠しマイクから状況を把握し、遠近と連携を取る役割を果たしていたのだ。確かに身体はさして使っていないが、いわば司令塔だ。財津が下手を打てば作戦は失敗する。それなりに信頼していなければ、任せられない。

「お疲れでしょう。一度自宅に戻って、着替えたらいかがです？」

「ああ、そうだな」

「拓也もそうしたほうがいい。ふたりとも、私の車で送りますよ。……櫛田さん、万一、警察が来た場合、私に連絡を入れるように伝えてください」

「わかりました、先生」

「まあ、遠近さんがうまくやってくれているとは思いますが」

辻は櫛田の淹れてくれたコーヒーを飲みきって「あー、疲れた」と立ち上がる。

「俺もオッサンになったもんだ……。じゃ、櫛田さん、あとは頼みます」

「はい。お疲れさまでした。先生、よろしくお願いします」

櫛田は丁寧に頭を下げて、辻たちを見送る。

財津の車が走り出すと、助手席から菊池が「ん？　そうか、俺、ある意味騙されてたんですね？　辻さんと伯父貴に」と今頃言い出す。

「おまえの脳味噌は平和でいいな……」

相変わらず氷嚢を当てたままの辻が言うと、菊池は振り返って、

「ぜんぜん平和じゃなかったです！　辻さんが撃たれたら、あいつの喉を嚙み切って殺してやると思ってました」

「おまえ虫歯ないもんな」

「ハイ。歯は丈夫です」

嬉しそうに答える菊池の横で、財津はやや硬い表情をしている。

「辻さん……気がつきましたか？」

辻は氷嚢の水音を聞きながら「ああ」と答える。あの違和感の正体に、残念ながら気がついてしまった。想定したくないことだが、目を逸らしているわけにもいかない。早急にはっきりさせるべきだ。

「着替えたら向かう。……菊池、チョウに電話しろ」

「え？　鍵師のチョウさんですか？」

「ほかにいるのかよ」

「いえ、ハイ」

菊池があたふたとチョウに電話をかけ、繋がったあとで辻にスマホを手渡す。

「おう。緊急で一件頼めるか。『壊し』じゃなく『開き』だ。今すぐ動いてくれるなら、倍額で構わない」

腕のいい鍵師のチョウは、自ら考案した道具を駆使し、たいていの鍵を解錠してしまうという技術の持ち主だ。当然違法なので、その対価は高い。

辻はチョウに、ある場所を告げて通話を終わらせた。

「……あの……辻さん、今のとこって……」

住所を聞いていた菊池が、不安げな顔をする。

その問いを無視して、辻はセンターコンソールにどかりと足を乗せた。靴は履いたままだが、財津はなにも言わない。

作戦は、うまくいった。

タナカに吠え面かかせてやれたのだ。本当なら、もっと気分はいいはずだ。なのに、辻は冷たい石でも呑み込んだような心持ちになっていた。

なぜだ。

どうして……。

きっと、なにか理由があるはずだ。そうに違いない。だから、その理由を探しに行かなくてはならないのだ。そう自分に言い聞かせる。

辻は氷嚢を放り出すと、煙草を咥えて、フィルターをきつく噛んだ。

5

「すみません、ろくなものがなくて」

テーブルにチーズとナッツを並べながら櫛田が恐縮する。

古いマンションの一室、1LDKは男所帯にしては片づいていた。リビングから見えるキッチンもきれいなものだ。もっとも、櫛田はほとんど外食とコンビニで生きているので、流し台を使うこと自体少ないのだろう。

「こっちこそ、突然押しかけちまって」

「いやあ、嬉しいですよ。辻さんとここで飲むなんて、久しぶりですね」

「一年くらい前に……鍋をやったかな」

「ああ、やりましたね。若い奴らも呼んで、すきやきしたんでしたっけか。肉が途中で足りなくなって、慌てて二十四時間営業のスーパー探して」

「あいつら、ここぞとばかりに肉ばかり食ってたから」

ナッツを摘みながら、辻は笑った。

ついこのあいだのようにも思えるが……もう一年が経っているのか。歳を取るほどに、時の流れが速くなるのはなぜなのだろう。

「菊池が組に来たばかりで、買いに行かされたんですよ」

櫛田も懐かしそうに目を細めた。

三人掛けのソファに並んで腰掛け、ローテーブルにはウイスキーのボトルとグラス、氷。そして簡単なつまみが置かれている。

午後九時。

辻はひとりで櫛田の部屋にやってきた。いきなりの訪問だったというのに、櫛田は辻の顔を見るとニッコリと笑い、快く部屋に招き入れてくれた。

「……櫛田さんとは……兄貴とは、もう何年になりますかね」

「辻さん、その呼び方は」

「いいじゃないですか。ふたりしかいないんだし。思い出話をするあいだ、兄貴と呼ばせてくださいよ。……俺の、最初の兄貴なんだから」

櫛田は自分のグラスに氷を入れながら、困ったように笑った。

昔から、よくこんな笑い方をする人だった。面倒見がよく、忍耐強くて——だからこそ和鴻は、若かった辻を櫛田に託したのだろう。

「最初に会ったのは……俺が十六の頃かな。二度目の鑑別(カンベツ)を出たあとだから」

「ええ。よく覚えてますよ。辻さんは一瞬女の子かと思うくらい、きれいな顔をしてたくせに、キレやすくて、手に負えなくて」

事実なので、辻は笑いながら「迷惑かけました」と謝るしかない。

「あの頃オヤジに会って、兄貴の下につかなかったら……遠からず、特少あたりにぶち込まれてたでしょうねえ。いや、少刑かな。なにしろ堪え性がなかったから」

「殴ってるこっちの手が痛くなりました」

「あの頃の兄貴はおっかなかった。普段は優しいだけに、怒った時のギャップが」

「こっちも同じですよ。さんざん殴った日の夜は、寝てるあいだに首絞められるんじゃないかって、ヒヤヒヤしてました」

「実は何度かそう思いました」

辻が返すと、櫛田が声を立てて笑い「生きててよかった」と言う。

一緒に暮らしたのは……何年だろうか。

十七から二十一くらいまでか。当時の櫛田は六畳と四畳半のアパート暮らしで、辻は櫛田の身の回りの世話と、組の雑用をすることで四畳半の部屋を与えられていたのだ。施設を飛び出し、頼る者のいなかった辻にとって、当時はそこが『家』であり、和鴻が父で、櫛田が兄だった。

若い頃の辻は、組織という枠組が嫌いだった。

正直今でも好きではないが、この歳になればさすがに、人はどこかしらに属さないと生きていくのが難しいのはわかる。けれど若い頃は一匹狼を気取っていたかったし、口やかましい上の連中がつくづく嫌いだった。櫛田は比較的話のわかるほうではあったが、それでも甘くはなかった。

本当に、しょっちゅう殴られていた。

挨拶がなってねえ、掃除がなってねえ、布団の畳み方がなってねえ、メシは一粒たりとも残すな……いつの時代の躾だよ、というくらい細かく言われた。

客が来た時に茶を出すのも辻の役割だったが、何度も渋くてまずい茶を出してしまい、そのたびに湯飲みを顔めがけて叩きつけられた。

「兄貴は厳しかったけど……できた時は、褒めてくれた」

チーズの包装を剝きながら、辻は思い出す。

「俺の淹れたお茶を、初めて客が『うまいな』って言った日……客が帰ってから、すげえ褒めてくれたんですよ」

——おい、良典、やれたじゃねえか。ちゃんとできたじゃねえか。まったく、おまえはやればできんのに、いつも反抗ばっかしやがって。俺はわかってたんだよ、おまえがちゃんとできることくらい、わかってたんだ。

嬉しそうに、ニコニコしながら、そんなふうに言われた。

辻は褒められることに慣れていなかったので、どう返したらいいのかわからず、胸の奥がわしゃわしゃとくすぐったくなって、いたたまれなかった。

けれど、嬉しかった。それは間違いない。

たかがお茶くみだ。それを褒められただけだ。なのになぜあんなにも嬉しかったのだろう。

辻は櫛田に懐き始めた。

櫛田の言うことは素直に聞くようになった。すると周囲が「櫛田はたいしたもんだな」と言い出し、それを聞くのが辻は誇らしかった。姐さんに説得され、一年遅れで高校を出た。卒業式の日、櫛田はすきやきをしてくれた。ケーキも買ってあった。頑張ったな、と言われて辻は我慢できず、泣いてしまった。

櫛田を、本当の兄のように思っていた。

家族ができたのだ。

やがて、辻は二十歳になった。

度胸があり、ケンカが強く、頭も悪くない。初体験は十四歳で、それ以降女に困ったことはない。さらに少年の面影が薄くなり、容貌が大人の男になってくると、本格的に女が寄ってきた。

けれど、何人の女と寝ていようと、辻は精神的に成熟していなかった。

心の中にはいつも不安があった。

「……俺はガキの頃、親に捨てられてるから……」

辻は手の中のグラスを揺らす。コンビニで買ったロックアイスが、グラスの内側にコツンと当たってから、横滑りする。

「だからなのかな。人をなかなか信じられなかったんです。信じたいのに、信じられない。自分にとって大事な人でも、それは同じでした。……いや、大事な相手ほど、信じられなかった。兄貴も、いつかは俺を見捨てるんじゃないかって思いが、どっかにあった」

当時の辻にとって、一番大きかったのは櫛田の存在だ。

だから辻は櫛田を試した。子供がイタズラをして親を試すように、ただし、かなりえげつない方法で櫛田を試した。

櫛田の女を寝取ったのだ。

「最低でしたよね、俺」

「……確かに」

ふっ、と笑う櫛田は顔がだいぶ赤い。酒にさほど強いほうではないのだ。

「当時から辻さんの女癖には問題がありましたが……まさか、私の女に手を出すとは思ってませんでしたよ。しかも、現場を見せつけられましたからねえ」

ことの最中に、櫛田が帰宅したのだ。

もちろん、辻はわかってやっていた。女のほうは、辻の『兄貴は帰ってこない』という言葉を信じていた。最低だ。

当然、殴られた。

全裸のまま引きずり起こされ、何発も食らった。女は泣きながら櫛田を止めた。ドラマみたいな修羅場だった。

——出て行け。

息を荒らげて、櫛田は言った。早く行け、二度とここには来るなと……。

女に、言ったのだ。

辻はと言えば、四畳半の部屋に蹴るように放り込まれただけだ。翌朝、腫れた顔で怖々出てみると、櫛田は普通に新聞を読んでおり、コーヒーを淹れろと命じられた。

「……俺ね、思いましたよ。勝った、って」

「………………」

「兄貴は、俺を選んだんだって。……バカなガキだった、どうしようもなく。今更ですが、詫びさせてください。本当に悪かったと思っています」

櫛田のほうに身体を向け、辻は頭を下げる。櫛田は辻を見ないまま、「よしてください」と苦笑いした。

「あれはやっちゃいけないことでした。本気であの女に惚れたならともかく……」

「いいんですよ。私にはわかります、当時の辻さんの気持ち」

「わかりますか」

「ええ。……独占欲、です。家族のいない辻さんは……あの頃、私に執着してしまっていた。辻さんの父親が和鴻会長なら、私は母親兼兄貴だったんです」

「……そうかもしれない……」

生まれて初めて、ここが自分の家だと思える場所を得て、信じていい人を得て、辻はある種の子供返りをしてしまったのかもしれない。二十歳にもなって、と我ながら思うが……それまでの人生が、あまりに孤独だったのだ。

独りでいるあいだは、独りだと気がついていなかった。

氷を握っていた手で、雪に触れても冷たくはないように。

けれど、一度温もりを知れば、雪はひどく冷たい。櫛田がそばにいてくれるようになって……辻は怖くなったのだ。

また独りになったらどうしようと、恐ろしくなったのだ。

人間は哀れなほどに、孤独に弱い。

思い出話をしながら一時間半ほどが経ち、櫛田が静かになった。隣を見ると、ソファに背中を預けて目を閉じている。

昔から、酔うとすぐに眠ってしまう人だった。一緒に住んでいた頃は、辻がよく毛布をかけてやったものだ。

煙草を吸いながら、櫛田の寝顔を見る。

歳を取った。それは辻も同じことだ。

辻が十六の時、櫛田は二十八だった。すごく大人に感じられたのを覚えている。そして今、辻は三十一、櫛田は四十三……ふたりとも、いい歳である。年齢差は同じままなのに、なんだか歳が近くなったように感じられるのはなぜだろうか。

煙草を吸いきった辻は、静かに立ち上がった。

寝室の扉を開ける。照明はつけない。月明かりが差しているので、部屋の中はぼんやりと明るかった。中の様子はだいたいわかる。昼間と変わっていない。

そう、昼間も辻はここに来ていた。

鍵師に鍵を開けさせて。財津と菊池を連れて。

寝室に入った時、三人とも絶句した。辻は久しぶりに、身体の芯が冷えるような恐怖を味わった。タナカに銃を向けられた時などより、よほど怖かった。

怖くて、そして悲しかった。

どうしようもなく、悲しかった。

「……片づけようかとも、思ったんですけどね」

声がする。

寝室の入り口に、櫛田が寄りかかっていた。

「けど、今更ジタバタすんのも……みっともないかと思いまして」

小さく床が鳴り、櫛田が辻に近づいてきた。

ぎりぎり触れない隣に立って同じ壁を見つめる。

白い壁一面に、貼られた写真。

辻の写真。

十七歳から、ごく最近まで。覚えのある写真もあれば、どう見ても隠し撮りのものもある。

笑っている自分。怒っている自分。

煙草を吸う横顔、事務所のソファで仮眠中……。

「……この、眠ってる辻さんが一番のお気に入りです」

櫛田は、キャビネ判に引き伸ばされた一枚を指さして言う。

「写真はもっとあるんですがね。何百枚かな……厳選したのがこれくらいで」

「…………」

「そうなんですよ。私はちょっと、おかしいんです」

辻はなにも言っていないのに、櫛田が小さく笑って語り出す。

「はっきり自覚したのはこの数年で……さらにこの半年ばかりで、まずい感じにもなってました。でもまあ……今になって考えれば、あの時にはすでにダメだったんでしょう。辻さんが私の女を寝取った時に、私は迷うことなく女を追い出しました。女に腹が立ったからです。私を裏切ったことではなく、私を差し置いて、可愛い舎弟に乗っかった女が許せなかった」

櫛田は壁に歩み寄る。

眠っている辻の写真に、人差し指をそっと当てる。

「辻さんを殴ったのは、試されてるのがわかったからですよ。そんな真似する必要はないと伝えたくて、殴った。そんなことしなくても、私の一番はあんただった」

指先が、写真を撫でる。

顔の輪郭を。髪を。

「あんたにとって、私が初めての家族だったように……私にとっても辻さんが初めての、本当に心を許せる相手でした。生意気で、可愛い弟分。ほかの兄貴分たちにはつっかかるのに、私にだけ懐いた。心を開いてくれた」

そして、唇を。

「……私には実の母がいて、妹もいた。今でも健在だと思います。会ってないからわかりませんがね。けど、母は私を嫌っていました。害虫みたいに嫌悪してましたね。

ガキの頃からです。血の繋がりはあるのに、どうしても私を受け入れられなかったらしい。なぜなのか、私にはわからなかったし……たぶん、母親自身にもわからなかったと思います。妹は、ちゃんと可愛がってたのに。……辻さん」

呼ばれて、辻は櫛田を見た。

櫛田も振り返って、辻を見ている。月明かりの中、少しだけ櫛田が笑っているのがわかる。

「人が信じられなかったのは、私のほうなんですよ。母親にすら愛されなかった私を、頼りにして、慕って、懐く奴なんかいるはずないと思ってたんです。でも、あんたは違った。あんたと私は家族になった。私たちは、私は……」

孤独じゃなくなった。

櫛田は呟き、また顔を壁に戻す。そのままさらに一歩壁に寄り、ゴッンと額を壁につける。辻の写真の上に。

どうかしてる。

辻は思った。

どうかしてるんだ、櫛田も自分も。人は多かれ少なかれ、どうかしてるもんだ。やばい部分を抱えているもんだ。自分を制御しきれない。孤独感を、暴力性を、制御しきれない。仕方ない。脳が大きくなった代償なのだ。

だから、ぎりぎりのところで。

せめて、ぎりぎりのところで留まりたい。

膝頭に、足首に、力を込めて、見えないラインのぎりぎり手前にいるのだ。背中を押す風を、肩に力を入れて堪えるのだ。

そういう生き方しか、辻にはできない。

けれど櫛田は――ラインを踏み越えてしまった。

「……どうして、レンを殺したんです？」

それがどうしても、聞きたかった。

櫛田が自分という存在に執着していることは、驚きではあったが、かろうじて理解できる。そういうこともあるだろうと思える。けれど、なぜレンを殺す必要があったのかがわからない。

「ああ……あの手紙を、見つけたんですね」

ベッドサイドテーブルにあった手紙。

それを見つけたのは菊池だった。あて先は株式会社クロスロード・プランニング、社長様……つまり辻で、差出人はレン。切手は貼られているが消印はない。一度封をしたものが開けられ、しかも血痕つきだった。

それがなぜ、櫛田の部屋にあったのか。

答はひとつだ。櫛田がレンのアパートに行ったからである。

そこでレンを殺し、この手紙を持ち帰ったからだ。

「なんなんでしょうね、あの手紙……辻さんあてのラブレター……でもそれだけじゃない気がして持ち帰ったんですよ。わけのわからない数字もあったし……」

「なぜ、殺したんです」

辻は質問を繰り返した。櫛田はゴツゴツ、と二度額を壁にぶつけてから、ゆらりと直立に戻って「……なんででしょう？」と呟く。本当に、自分でもわかっていないような、茫とした口ぶりだった。

「殺す気は……なかったんですよ。まあ、例の名簿を……USBを持ち出したのがあの子だというのは察してたんで……警告はしなければ、と。もっとも、こっちがやる前にタナカたちが乗り込んでて、だが手ぶらで帰った。あの坊やときたら、しらを切り通したらしい。たいしたもんです」

もう殴るとこがないほど、ぼろぼろでね――櫛田は感情の窺えない声で言った。

「ダメ押しで痛めつけて、名簿の在処を吐かせようとしたんです。でも、倒れたレンは返事をしなかった。……頭を打って……脳出血でも起こしたんですかね？　そのままにして、帰りました。あの手紙だけ持って」

「なんの名簿なんです」

「……え」

櫛田が振り返った。

「あのUSBの中身。なんの名簿なんですか。レンが死ななければならないほどのブツだったんですか」

辻が重ねて問うと、櫛田は目を見開いて「知らないのか……中身」と呟く。

「知りません。USBの中身が名簿だってことすら知らなかった」

「……それも？」

「知りませんでしたよ。USBのケースの色と、書いてある日付は神立が教えてくれましたがね。内容は奴だって知らなかった。名簿だと知っていたのは……櫛田さん、あなただけです」

――とにかく、ご無事でなによりです。タナカは今頃ほぞをかんでるでしょうね。名簿のデータが手に入らなかったどころか、警察が現れたんですから。

あの時、おかしいと思ったのだ。

なぜ櫛田は、USBの中身が名簿だとわかるのか？　確かに、タナカたちが詐欺グループなのだから、データが名簿である可能性は高い。けれど、絶対というわけではないのだ。画像、文書、あるいはなにかのプログラムという可能性だってある。

なのに櫛田は名簿と言いきった。

まるで、それを見たことがあるかのように。

「……櫛田さんがなにか隠しているんだと思いました。ならば、きっとそれには理由があるはずだと。だから、昼間ここに来た。でも見つかったのは、俺の写真とレンの手紙だ。なにがどうなっているのか混乱して、わからなくなって……」

それでも、ひとつの推測に行き着いた。

櫛田とタナカが内通していた可能性だ。櫛田こそが、その名簿をタナカに渡した張本人なのだ。

タナカはそれを目につきやすい金庫ではなく、べつの場所にしまったらしい。万一、突然警察の手入れがあった時に備えたのだろう。そしてそれをレンが持ち出した。想定外のアクシデントであり、タナカにとっても、櫛田にとっても不都合なことだった。だから両者ともが、レンを痛めつけた。

「……弁護士先生の推理では……名簿は辻堂組、あるいは和鴻連合会にとって不利益な内部情報だろうと言うんですよ。レンがどうしてそれを知ったのかは、今となっちゃわかりません。タナカと誰かの会話から察したのか……知らなきゃ死ぬこともなかっただろうに不運な奴だ。けど知っちまったから、俺のためにＵＳＢを持ち出した。とにかく、そんな内部情報を提供できるのは内部の者しかいない。信頼を置かれている古参の組員にしか、そんな情報は持ち出せない……」

——櫛田さんなら、できます。

財津に言われて、辻は「ありえない」と返した。櫛田が組を、自分を……裏切るはずがないではないかと思ったからだ。けれど、確かにレンの手紙は櫛田の部屋にあった。そして櫛田はUSBが名簿だと知っていた。

「なぜです」

辻はただ、聞くしかなかった。

「どうして裏切ったんです？　組を。金ですか？」

「いいえ。金なんかどうでもいいんですよ……怪しまれるんで、一応受け取りましたけどね。一千万、向かいの公園に埋めてあるんで、辻さんのお好きにどうぞ」

「たった一千ですか。買い叩かれたもんだ」

「構いません。あの情報は……つまり組の存在は、私にとってさほど価値のあるものではないからです。会長にはそれなりの恩義を感じてはいますが……もっと大切なものがある」

それがなんなのか、辻は聞くのをためらった。答は予測できていたからだ。

「……もう、わかってますよね」

櫛田が微笑んだ。いっそスッキリしたいというような、笑みだった。

「私にとって大切なものは……あなただけなんですよ。ほかにもう、なにもない」

「……だから、組を裏切り、レンを殺した？」

「はい」

「そんなことをして……俺が手に入ると思ったんですか？」

「……どうでしょう。私はただ、消去法で考えただけです。辻さんは仕事熱心です。組のため、オヤジのために生きている。なら、和鴻連合会が消滅すれば、行き場をなくす。それに……あの弁護士と菊池も気にいらない」

ふっ、と櫛田の瞳に暗い影がよぎる。

「私がなにも気づいていないと思ってますか？　女ならまだしも……あのふたりと辻さんが仲良くなりすぎるのは、許しがたいですね……」

櫛田の顔から笑みが消え「いつかは」と続けた。

「いつかは奴らにも、辻さんの前から消えてもらうつもりでいました。けど、まずは組織から……辻さんの居場所からなくそうと思ってたのに……失敗したなあ。私はだめですね。いつも詰めが甘い。だから組でも出世できなかった」

櫛田は再び笑う。

「辻さんと……ふたりで、どっか田舎で……小さな商売でもできたらいいななんて考えてました。なんでもいいんです。飲み屋とか……屋台でもいい。おでんとか」

人のいい、いつもの笑みだ。

それがかえって、辻の背中を寒くさせた。

「屋台は私が引きますよ。辻さんはなにもしなくてもいいんです。ただ、残り時間を一緒にいてくれれば……海の近くの町だとか……夢です。そういう、夢を見ていました。ああ……夢から覚めたんですねえ。うん、いつか覚めるのかなという気もしていました。だから、そんなに驚いてはいません。むしろ……少しほっとしたかな……あの子は……野々宮は、可哀想なことをしちまった……」

声が次第に小さくなる中、櫛田は自分の背中側に手を回した。

ズボンのウエストに挟んでいた飛び出しナイフを手にして「銃がありゃよかったんですが」と苦笑する。

「まあ、こんなもんでも今時は違法ですからね……おかしな話だ。包丁より小さいってのに」

パチン、と刃が出る。

辻は動けない。どうしてこの人が、自分にナイフを向けているのか理解できなかった。家族も同然だった人が。辻が謝るまで、しつこく説教してくれた人が。

卒業の日に、ケーキを買ってくれた人が。

「……櫛……」

「あとから、すぐに逝きますから」

そこから先のことは、まるで映画かドラマのワンシーンだった。

よくある、スローモーションの演出方法。狂気を帯びた櫛田の瞳。煌めくナイフの刃。靴を履いたまま飛び込んできた財津の怒鳴り声と、菊池の咆哮。

財津に強く腕を引かれて、その胸の中に閉じこめられた。財津はそのまま櫛田に背を向けて、自分の身体で辻を守る。

呻き声がして、腕に力が籠もった。

なにがあった？　辻が受けるはずだったナイフはどうなったのだ？

財津の肩越しに、菊池が櫛田に突進していくのが見える。

櫛田もろとも、窓にぶち当たった。すごい音がする。

窓ガラスにヒビが入り、ふたりは床に転がって攻防を繰り広げている。菊池がのし掛かられ、殴られているのがわかった。キレた時の櫛田がどれほど強く恐ろしいか、組の人間なら皆知っている。

「拓也ッ」

財津の声が聞こえた。

スローモーションは終わりだ。辻は現実に立ち返る。忠犬バカの舎弟が殴られている。あれを苛めていいのは、辻だけだというのに。

自分を抱えている財津の上着のポケットに手を入れ、目的のものを取り出す。

これを持ってきているのは承知だった。銃のようなリスクがなく、かつナイフよりも威力がある。

「……どけ」

「辻さん」

行かせまいとする財津を押しのけて、辻は菊池を組み敷いている櫛田に近づいた。床に落ちていたナイフを拾い、振りかざしたところだった。

「……兄貴」

辻は櫛田を呼ぶ。

櫛田の動きが止まり、辻を見る。

なぜだろう。辻は櫛田に笑いかけていた。

意識的にしたことではない。唐突にこみ上げてきた、胸が苦しくなるような懐かしさが、辻にそんな顔をさせたのだ。

「良典」

昔のように、呼ばれる。

幽鬼のように髪を乱した櫛田も笑った。

ああ、本当に懐かしい。誰より頼りにしていた兄貴。雛鳥が最初に見た者を、親だと思うような刷り込み。

その存在と辻は決別するのだ。失うのだ。

人がそれを懐かしむことができるのは、とうに失われものだからなのだ。

さよなら。

声に出さず、辻は告げた。

櫛田は膝立ちで硬直したまま叫び、同じ姿勢のまま、横倒れになって床に沈んだ。


警察を呼ぶわけにはいかなかった。

救急車も同様だ。こんな時ばかりは、ヤクザという立場の悪さを思い知る。

「痛むか」

「いえ。かすり傷です」

「かっこつけんなよ、先生。こりゃ何針か縫うぞ。隠しにくい場所だから……痕にならないといいんだがな」

財津のうなじをタオルで止血しながら辻は言う。

辻を庇った時、櫛田に切りつけられたのだ。

「痕になってくれればいい。私にとっては名誉の負傷です」

「やめてくれよ。ヤクザが弁護士に守られたんじゃ、さまになんねえ」

「それは私の台詞ですよ。持参したスタンガンをあっというまに取られて、悪者を懲らしめることができなかった。かっこよく決めようと思ってたのに」

「逆襲されて、痺れる羽目になってたかもしれないぞ」

辻は冗談半分で言ったのだが、財津はちょっと考えて真面目な顔で「ありえますね」と頷いた。

「しょせん私は、場数を踏んでませんし。それに……櫛田さんは私相手だったら、死にもの狂いで抵抗したはずです」

「……かもな」

財津のうなじを押さえつつ、左手で辻は煙草の箱を出す。中は空で、舌打ちをして壁に投げつけた。自分の写真だらけの壁に当たり、ポコンと間抜けな音がする。

菊池が和鴻へ連絡を入れ、ついさっき櫛田は連れ出されていった。

多少改造したスタンガンだが、命に関わりはしない。連れ出される時には身体も動くようになっていて、よろめきながら大人しく連行されていった。屈強な迎えがふたり来たが、念のため菊池も車まで同行している。

櫛田は最後に辻を振り返り……苦笑しながら、会釈をした。

「……櫛田さんの気持ちが……少しだけわかりますよ」

財津は壁の写真を見ながら言う。

「あんたも俺の写真を貼りまくりたいのか」

「モニターを十台くらい用意して、盗撮動画を常に流していたいです。もちろんベッドの上で喘ぐあなたなんかも」

「変質者」

「辻さんはそういう人間を惹きつけるんですね」

「俺のせいみたいに言うな。それに……櫛田さんは、べつに俺を抱きたかったわけじゃないと思うぜ」

「そうですかね？」

「あの人の執着は……あんたらのモンとは違う気がする。うまく言えねえけどな」

たとえば、櫛田の思うとおりになったとしたら。

辻が組という居場所を失い、頼れるのが櫛田だけとなり、本当にふたりで……海の近くのちっぽけな町で、ふたりだけで暮らしたとしたら。それでも櫛田は辻を抱きはしないだろう。ただずっと一緒にいたいだけなのではないか。

子供が親から離れたがらないように。

　あるいは、親が子供を離したがらないように。

「野々宮レンも、あなたに夢中でしたね」

「……あいつも違う。そういうんじゃねえよ」

「悔しいですが、あれほどのラブレターは書けないかもしれません」

「あんたからのラブレターなんざいらねえ。そんなことより、例の番号の解読はどうなった？」

「すぐに気づきましたよ。我が甥ながら、なかなかたいした奴です」

「あいつがそこまで数字に強いとはな……」

　勝手に財津のポケットを探り、煙草を見つけた辻は言う。財津は辻から煙草を取って、一本抜いて咥えさせた。ライターで火をつけながら、

「あまり周りに吹聴するなと、言い聞かせてあります」

　そんなふうに説明する。

「なんでだ？」

「数字に関しては半端ない記憶力ですが、まあ基本はアレなんで……悪い連中に利用される可能性がね」

「ああ、賭博なんかで使えそうだよな」

「でもまあ、あいつの少ない特技ですから……ちょっと自慢したくなったんでしょう。

レンには話したことがあるそうです。だからレンはそれを使った。辻さんへの手紙に数字で書いておけば、拓也を使って読み解くことができると思った」

野々宮レンが辻にあてた手紙。

それはまるで恋文のようにも見えるのだが、目的は別にあった。

レンはUSBの隠し場所を辻に知らせたかったのだ。本文の末尾にあった謎めいた数字を見た時、辻はすぐにそうと悟った。スマホは取り上げられていて、使えなかった。だが手紙ならば、誰かしらに託して、投函してもらえると踏んだのだろう。

「長い数字が示した緯度と経度は飯田橋駅を示してました。四桁の数字は暗証番号。そこから推測して、駅の暗証番号制のコインロッカーが考えられる。拓也が現地まで行って、見つけましたよ。今は私の自宅の金庫です」

「中は見たか?」

「確認しました。和鴻連合会幹部、さらに交流のある別の組織にまで及ぶ、詳細なプライベートデータです。家族構成、自宅防犯システムの詳細、子供の通う学校や幼稚園、それぞれの犯罪歴、非行歴、病歴、隠し持っている銃の数および在処、癒着している警察関係者――詐欺に使う名簿というより、恐喝目的のものでしょうね」

「シャレになんねえな……。よし、血ィ止まったぞ。一応押さえとけ」

辻が立ち上がった時「戻りました」と菊池が帰ってきた。

「おう。ちゃんと見送ったか」

「はい。櫛田さん……おとなしく連れて行かれました。……あの人、これからどうなるんすか？」

「さあな。オヤジが決めることだ」

破門は間違いないだろう。東京を追われるか……場合によっては、想像したくない結末かもしれない。だがそれを菊池に伝える必要はない。

「おまえ、USB見つけたんだってな。よくやった」

「…………えっ、あ、ハイ！」

褒められ慣れていない菊池が、まるで謝罪するようにピリッと身体を伸ばし「あざます！」と頭を下げる。下がった頭をポンポンと叩き「よしよし」と言ってやった。

菊池の髪は乾燥気味でフワフワしており、触り心地は悪くない。

「……菊池？」

下がっていた頭の位置がさらに低くなったのは、菊池がその場にふにゃりとへたり込んだからだ。

「なんだ、おい、緊張が解けて腰が抜けたのか？」

「あ、あれ……？　なんか……このへんが痛い、ような……」

へたり込んだまま、菊池が自分の腰を押さえる。

菊池が着ているのは黒いブルゾンでその下も黒のカットソーだった。辻は眉を寄せて、菊池の背中側を確認し、言葉を失う。デニムのウエストが、赤い。

「あー、なんかフワフワして……辻さんに褒めてもらえたからかなあ？」

「バカ野郎……」

菊池のカットソーをまくり上げると、腰に近い背中から出血している。櫛田と揉み合っている時に、刺されたのだ。なんで気がつかないんだ、バカかこいつ、どれだけ鈍いんだ……罵倒の言葉はいろいろと浮かんだが、それを口にする時間も惜しく、辻は菊池の傷口を押さえて止血した。

なにごとかと見に来た財津が「拓也？」と声を上擦らせる。

「先生、行くぞ」

菊池に肩を貸し、辻は立ち上がった。でかいのでクソ重いが、足を踏ん張って歩き出す。一刻も早く医者に診せる必要があった。

「辻さ……俺、自分で歩け……」

「うるせえ、黙ってろ。殺すぞ」

「……辻さんの……殺すぞって……ときどき……愛してるに聞こえるんす……」

「てめえはほんとに死にてえのか」

駐めてあった財津の車の、後部座席に菊池を押し込む。

財津にも後ろに乗るように言って、辻は運転席に回った。

「先生、菊池の止血頼む」

「わかりました。拓也、大丈夫だからな？　すぐ医者に連れて行く」

「伯父貴だって……怪我してんのに……」

「名誉の負傷のつもりだったが。おまえにその称号を譲るしかなさそうだ」

「……なんか眠い……」

ぼんやりと告げた菊池の言葉に、辻は戦慄する。失血のせいで意識が朦朧としているのかもしれない。だとしたら、かなりまずい。辻堂組が懇意にしている個人医院まで、十五分はかかってしまう。

「寝るな、菊池！」

運転しながら辻は怒鳴った。

「なんか喋ってろ！　寝たら承知しねえぞ！」

「すんませ……辻さ……けど……すげえ眠くて……」

赤信号でひっかかり、イライラしながら辻は「寝たら殺すッ」と叱咤した。

「……いや、寝たら、もう一生てめえとはやらねえ！」

え、と菊池の声に僅かな張りが戻る。

「や……やらねえって……俺とは寝ないってことですか……？」

「そうだ。おまえのデカチンなんか二度と舐めたり扱いたりしねえし、俺に指一本触らせねえからな！」

「そ、そんな」

「……拓也、眠っていいぞ。子守唄歌うか？」

「なに言ってんだよ伯父貴、そうやって、辻さんを独り占めしようとか……」

「おまえのジュニアは気の毒だったな……辻さんの中がどんなに気持ちいいか、知らないままお別れになるわけだ」

「やだよ！」

菊池が怪我人とは思えない、大声で拒絶する。

「そんなん、やだよ！　ちくしょう、なんのために今まで俺頑張ってきたんだよ！　辻さんにハメるまで、死んでも死ねないよ！」

「なら頑張れ。意識をしっかり保ってろ」

財津が言い、菊池は「う、うん」と返事をする。そして、辻に向かって、

「俺、諦めませんから……絶対、いつか、辻さんに入れますから……！」

と、熱い思いの丈をぶつけてきた。

そこまで言われると、辻としても複雑な気分になってくる。

「……俺の存在価値はケツってことか？」

「違うっす、ケツに価値があるんじゃなくて、辻さんのケツだからです……！」

「そうです。確かに辻さんは名器ですが、だからといってそこにアイデンティティがあるわけではない」

「……伯父貴、そんなに名器なの……？」

「ああ、すごいぞ。蕩かされるかと思う」

「……ちくしょう、ちくしょう……っ、俺も早くやりてぇ……ッ」

意識が持ち直したのはいいが、今度は必要以上に興奮している菊池である。

やっぱりこいつはバカだなと思いながら、その菊池に、辻の後ろがどんなふうにイイのか解説し始めた財津も相当なバカかもしれない。こんなバカふたりと組んずほぐれつをしている自分も、やはりバカということになるのだろう。

しかたねえか、と思った。

そもそも極道など、バカしかいない。

とりあえず、病院は近づいている。

アクセルを踏みながら、辻は「お前ら少し、黙ってろ」とさっきとは逆のことを言った。

辻さんへ

俺は学もないし、手紙とかどう書いたらいいのかわからなくて、変だったらすみません。字もひどいもんだし、漢字もあんま書けません。先にあやまっておきます。

こないだ、辻さんが来てくれてうれしかったです。俺んちに辻さんがいるなんて、夢みたいだと思いました。辻さんがすわってたとこ、今でもたまに見ちゃいます。そこに辻さんがいるって、想ぞうとかしてみたりします。菊池さんが辻さんを好きで、そんけいする気持ちが俺にはわかります。辻さんはかっこいいし、強いし、やさしいからです。強くていやなやつは、たくさん知ってますが、強くてやさしくて、でも押しつけがましくない人って、そんないないと思います。

辻さんみたいになれたらいいのにと思います。そしたら俺も、辻さんが俺を助けたみたいに、だれかを助けられるかもしれないのに。せめて少しは辻さんの役にたちたいです。たてるといいんだけど。

それでは、失礼します。

35.702065, 139.745015/1026

6

身寄りのない人間が死んでも、墓はない。

事前に自分で準備万端にしておけば話は別だが、だいたいの人間は自分がいつかは死ぬことをうっかり忘れていたりする。まして若いならなおさらだ。墓どうしようかなあ、なんて考えながら生きている奴はまずいない。従って、野々宮レンの墓はない。

ただし、ほかの無縁仏たちと合祀されており、共同の碑も建っているので、そこで手を合わせることは可能だ。

「ま、行きませんけどね」

辻はうどんに七味をかけながら言う。

「冷たいなー、辻くんは」

遠近はコロッケを沈めながら返す。

「遠近さんは、事件の被害者の墓参りに行ったりするんですか」

「行かないよ」

「でしょう？」

「忙しいもの。死んだ人間より、生きた人間に関わるのが僕らの仕事だ。……辻くん、コロッケが浮いたままだよ？」

「浮かしてるんです」

「沈めたほうがおいしいのに。コロッケのイモイモした部分が溶けて、おつゆに広がって……」

「気色悪いことを言わないでください」

サク、とコロッケを齧（かじ）って辻は言う。

例によって、駅の立ち食いそば屋である。ちょうどコロッケが揚げたてだったので、辻も今日はちくわ天ではなく、コロッケをチョイスしたのだ。丼にオンした時点で、つゆとの接地面は浸水してしまうわけだが、上側はしばらくサクサクが保たれる。ただ、気をつけていないと、隣から箸でチョイチョイつついて、コロッケを沈めようとする奴がいる。

「それにしても、和鴻のオヤジさんは思い切ったね。櫛田に自首させるなんてさ」

「はぁ」

熱すぎないうどんを啜りながら、辻は生返事をした。

「野々宮レンへの過失致死……いや、検察は殺人罪を求刑するだろうな」

「でしょうね」

「ほんとに殺意はなかったわけ？」

「それは本人に聞いてくださいよ」

「原因になった、例のUSBは出てこないしさあ。ホントは辻くんが処分しちゃったんじゃないの？」

「遠近さん、七味足りないんじゃないですか？」

追加で入れてやろうとすると、遠近が丼を抱えるようにして「もういいよ」と辻から遠ざける。

もちろんUSBは辻が処分した。ガチガチにコピーガードしているとタナカが言っていたので、おそらく複製はないだろう。そう祈るばかりだ。

「櫛田さん、俺のことなにか言ってましたか？」

最後のひとかけになったコロッケは、自分の重みで汁に沈んでしまった。慌てて引き上げた辻だったが、すっかりべしょべしょだ。一方で遠近は沈ませた上に箸で潰している。ひどい。

「迷惑をかけてしまった、って」

それだけですか、と聞きたかったがやめた。

「タナカのことはいろいろ喋ってくれたから、二課は助かったみたい」

「へえ」

「まあどんな判決にしろ、八王子なわけだし」

「……八王子？」

なぜ八王子医療刑務所なのか。箸を置いて、辻は訝しむ。

「あれ。もしかして知らなかったの？　彼、癌だって。あと長くて半年」

「…………」

辻は黙ったまま、丼のふちに貼りついたワカメを凝視していた。遠近はちらりと辻を見て、「言わないほうがよかった？」と聞く。

「いや。構わないです。……なんというか……そうか、癌か」

腑に落ちた、という感じだ。なにが櫛田をああまで追い詰めてしまったのか、釈然としない部分があった。それが今、いささかなりともわかった気がした。

つまり、櫛田には時間がなかったのだ。

「……拘置所ってのは、クスリは飲ませてくれるんですかね」

「うん。それは大丈夫。容態が悪化したら、ちゃんと病院に連れて行くし。自殺しないように見張っておくし」

「へえ。そりゃ親切だ」

樹脂製のコップで水を飲むと、辻はカウンター越しに丼を返した。

「じゃ」

それだけ言って、出て行く。遠近は振り返らないまま、小さな手をひらりと上げただけだ。

日中の、すいた電車に揺られて帰る。

櫛田には母親と妹がいると——このあいだ言っていた。辻は初耳だった。若い頃は家族はいないと話していたから、自分と同じように天涯孤独なのだろうと思っていた。だが、実際にはいたわけだ。もしかしたら、いないほうがマシだったかもしれない親だとしても、いたわけだ。

もし櫛田が死んだ場合、連絡が入るだろう。

櫛田の母親は泣くのか。

あるいは、自分はそんな男は知らないと拒絶するのか。拒絶された場合、どうなるのか。破門になっていなければ、簡単な葬儀と火葬は和鴻が手配するだろうが……極道は体裁を重んじる。今となっては難しい。

「……まだ死んでねえけどな」

いろいろと具体的に考えてしまった自分に、小声で突っ込んでしまった。

ひとつあけて隣に座っている老婦人にはなにも聞こえなかったようだ。こくりこくりと、舟をこいでいる。窓から入る冬の日射しが眩しすぎて、痛いほどだ。

辻は目を瞑る。瞼を閉じてなお、日射しは白く焼きついている。

どうでもいいか。

死んだあとのことなんか、どうでもいいことだ。死んだらなにもわからなくなる。霊魂なんてものを辻は信じていない。死んだら焼かれて消える。それだけだ。死んだ人間が登場するのは、夢の中くらいなものだ。

このところ眠りが浅いのか、やたらと夢を見る。しかも笑えるほどにわかりやすい悪夢ばかりだ。大勢から殴る蹴るのリンチを受けているレンが、辻に助けを求めながら息絶える夢。櫛田がレンを撃ち殺してから、自分の頭に銃弾を撃ち込む夢。鉄格子の牢獄の中、櫛田が首をくくろうとしていて、辻は必死に叫んでいるのに看守はちっとも気がつかない夢。

いちいち飛び起きて、頭を抱える。

夢がいやだというより、こんな夢ばかり見る自分の打たれ弱さを嫌悪した。冗談じゃない。辻良典は、もっと精神的にタフなはずだ。

事務所に戻った辻は、奥の部屋に籠もり、書類仕事に励んだ。

新規事業の立ち上げが決まっていて、忙しいのだ。ヤクザが風俗経営とみかじめ料で生きていける時代はとっくに終わった。資格こそ持っていないが、辻はかなり経理を勉強している。複式簿記も理解しているし、財務表も読める。

生き残るためになにをすべきか、数字から読み解く能力がなければ、この世界で生き残っていけない。今までは櫛田にも手伝ってもらっていたが、これからはひとりで熟さなければならない。

失礼します、とドアの向こうから声が聞こえた。

菊池がコーヒーを持ってきたのだ。あの夜刺された菊池は、三日間入院した。背中の傷は浅く、出血も心配したほどではなかった。ただあまりに緊張を強いられる場面が続き、それにケリがついて終わった途端に、心理的抑圧が解けて眠くなってしまったらしい。そんなバカなことがあんのか、と医者に聞くと「ある。心の負荷をバカにするもんじゃない」と怖い顔で言われた。もうジイサンの医者なのだが、辻は若い頃さんざん世話になったので、頭が上がらない。

「……そっちの隅に置いとけ」

「ハイ。灰皿、失礼します」

菊池が溢れそうだった灰皿を替える。新しい灰皿に、辻はすぐ灰を落とす。書類仕事が続くと、自分がヤニ臭くなっていくのがわかる。

書類を捲り、前年度の資料が必要だと気がついた。

ファイルの在処は菊池ではわからないので、辻は顔を上げて、

「櫛田さん、去年の固定資産の……」

するりと口に出した名前に、自分で驚いて固まる。

灰皿を持ったまま、菊池も目を見開いていた。

「……いねえか」

「ハ、ハイ」

律儀な菊池が返事をする。そうだ。いないのだから、仕方ない。辻は煙草を咥えたまま、淡々とした口調で「菊池、向こうのキャビネの青いファイル取れ。左から二番目だ」と命じる。

「あ、ハイ」

「そっちじゃねえよ。手前のキャビネ」

「すんません。あの、これでしょうか？」

「ン」

差し出されたズシリと重いファイルを受け取って、ページを捲る。捲りながら、なんの資料を探していたんだっけか、と考える。一分前まで考えていたことが、頭から抜け落ちてしまっていて、そんな自分に軽く苛つく。

「……あの」

もう用ずみの菊池が、まだデスクの前に突っ立っていた。

「なんだ」

「えっと……辻さん、その……大丈夫、ですか？」

顔を向けはしなかったが、窺い見るような視線は明白だ。辻の目の下が軽く痙攣して、分厚いファイルを乱暴に閉じる。その音に菊池がビクリと竦んだ。

「なにがだ」

「あ……」

「なにがどう大丈夫だって聞いてんだ？　てめえには俺が大丈夫じゃなく見えるわけか？　ダメに見えるってことか？」

「そ、そういうんじゃ……ただ辻さん、顔色よくないですし、目の下に隈できてるし、それになんというか……その……」

言い淀んだ菊池を睨みつけ「なんだ。言えよ」と辻は凄んだ。ゆっくり椅子から立ち上がると、デスクを挟んだ菊池が、ジリッと一歩後退する。辻の視線にたじろいで一度は俯いたが、すぐに意を決したように顔を上げ、

「しんどいのに無理してるように見えます」

と早口に言った。辻は眉を寄せたまま、無言で菊池を見据え続ける。

「あ、あんなことがあって……レンが死んで、タナカが捕まって、櫛田さんまでいなくなっちまって、その後始末だって辻さんがひとりで抱えて……もうひと月以上、ろくに寝ないで仕事してるの知ってます。それで普通にしてられるわけがないんです。

クタクタなはずなんです。なのに、辻さんはそれを無理して、まるで自分を痛めつけるみたいに……」

「黙れッ！」

辻の身体の内で、なにかが弾けた。

なんとか騙して、誤魔化して、水の底に沈めていた竜が一気に水面を突き破った。神経を逆撫でされた怒りは制御がきかない。辻はデスクの上にあったものを、力任せになぎ払った。書類も、ファイルも、電話も灰皿も叩き落とされる。コーヒーカップは粉々になった。それでも収まらず、自分の椅子まで蹴り倒す。

派手な音があたりに響き、驚いた舎弟たちがドタドタと駆けこんでくる。

「頭、何事ですかッ」

櫛田がいなくなった今、一番年嵩の磯谷（いそがい）が最初に入ってきた。辻はひとつ息を吐き「なんでもない」と感情を殺して言う。

「ですが、頭……」

「社長って言え」

「すんません。社長、菊池がまたなにかヘマしましたか」

辻は自分で椅子を起こし、どっかり座って「……いや」と答えた。それからひどい有様になっている部屋を眺めると、やたら広いスペースのできたデスクに肘をつき、

頭を抱えて、

「手が滑った」

と答える。どんな滑り方をしたらこんな状況になるんだ……と突っ込む奴はいない。財津がいたら言いそうだが、奴は今日も和鴻のところだ。生真面目な磯谷は「そうですか」と硬い声で返事をする。

「菊池に片づけさせるから、おまえらは戻れ」

「はい。……コーヒー、淹れ直しましょうか」

「いい」

「わかりました」

皆がぞろぞろと事務所へ戻っていく。

ドアを閉める前、磯谷が菊池に「しっかりやれよ」と声を掛けた。菊池は姿勢よく「ウス」と答え、すぐに落ちたものを拾い始めた。途中でクロスを持ってきて、ボールペンの一本、書類の一枚まで丁寧に拭きながら、まずはローテーブルのほうに置いていく。菊池はなにをさせても要領がよくないが、仕事そのものは丁寧だ。見えないところに手を抜いて、時間を稼ごうとすることはない。

辻はぼんやりとその姿を眺める。

癇癪を起こしたらある程度ガスが抜けたのか、苛つきはだいぶ軽減していた。

むしろ今は、脱力感に襲われている。せっかくスペースもできたことだし、デスクの上にどっかりと脚を乗せて、椅子の背によりかかる。

無理してる——と、菊池に言われてしまった。情けない。

だが同時に、じゃあどうしろって言うんだよとも思う。このゴタゴタ続きの中で、辻が無理しないで誰がするというのだ。てめえが俺の代わりをしてくれんのか？　と苛めてみたい気もしたが、子供じみているのでやめておく。菊池に辻の代わりができるなら、ときどきすれ違う野良猫にだってできる。

菊池は、仕事はまだまだだ。

けれど……もし辻が突発的に危険に晒される場面があったとしたら、こいつは身を挺して辻を守るだろう。命じられなくてもそうするだろう。

そのために生まれてきたかのような顔をして、辻を守って死ぬだろう。

たとえ銃を向けられても、ひるみもしないで。

「……ここがアメリカじゃなくてよかったな」

「ハイッ。……え？」

「なんでもねえよ。続けろ」

「ハイッ」

辻がゆるゆる煙草を吸っている間に菊池は片づけを終える。

デスクの上は元の状態よりずっと整頓され、ずいぶん仕事がはかどりそうだ。

「俺、新しいコーヒー淹れてきます」

割れたカップのかけらを載せたトレイを持って、菊池が出て行こうとする。辻はデスクから脚を降ろして「菊池」と呼んだ。菊池が振り返ると、人差し指で招く。

「ハイ」

デスクを迂回させ、自分の真ん前に立たせた。辻は腰掛けているので、菊池を見上げる形になる。右手を伸ばして、菊池のシャツの胸元を摑む。菊池は「わっ」と小さな声を上げ、上体をガクンと下げた。

驚いた顔が、すぐそこにある。若い奴は肌がつやつやしてんなあ、などと思う。

「……傷はどうなんだ」

「あ、ハイ。もうほとんど、ぜんぜん、大丈夫っす」

ほとんどとぜんぜんは意味が違うわけだが、要するに心配に及ばない程度に回復しているのだろう。

「風呂、入れてるのか」

「シャワーはオッケー出てます。最近の防水バンソコすげーです」

「なら、やるか」

「ハイ。……ハイ?」

反射的に返事をした菊池が、二秒後に戸惑って、語尾を上げた。辻は菊池のシャツを離しながら「入れさせてやるって意味だよ」と返した。

「…………あの……？」

「刺されてまで頑張った、褒美だ」

菊池は喜びのあまり愕然とし、言葉もない……という顔ではなかった。

菊池のくせに、子供を心配する親みたいな顔で「辻さん……本当に、大丈夫ですか」と聞いたのだ。

「おい。今度こそ殴るぞ、てめえ」

「す、すみません。でも……」

「今までさんざんやらせろやらせろってうるさかったくせに、その反応はなんなんだよ。やりたくねえなら、やらなくたっていいんだよ」

「やりたいですよっ」

今度の返事は早かった。「声がでけえ」とゲシッと膝を蹴る。

「す、すんません。けど、すげえやりたいです。死ぬほどやりたいに決まってます」

「どう見てもそういう反応じゃなかったぞ」

「それは……急だったし……」

「べつに急じゃねえよ。今パンツ脱げって言ってんじゃねえんだ」

「あと……なんか、ご褒美にやらせてもらうっていうのも……少し違うような……。俺としては、辻さんが本当にそういう気持ちになった時に……つまり、俺という人間を認めて、愛し……」

モジモジと語り出した菊池をチョイチョイと手招きし、顔を近づけさせた。嬉しそうに近づいてきた顔の、耳を摘んで思いきり引っ張ってやる。

「痛！　痛いですっ、辻さん、いたいいたいすみませっ……み、耳取れる……！」

その耳をぎりぎり引っ張りながら「舐めてっと樹海で野生動物の餌にするぞ、コラ」とヤクザらしい言葉を使ってみる。

「ううう～、すみませ……いたたた……ううう……」

やっと離された耳を押さえるようにして、菊池はへっぴり腰で痛みを堪える。

「なにが『俺という人間を認めて』だ。笑わせんじゃねえ。その先、もっと図々しいこと言おうとしてなかったか、てめえ」

「すみませんすみません……」

「てめーが俺とやれる可能性があるとしたら、俺のお情けだけだろうが。それをいらねえってんなら、もういい。財津に連絡しろ。これからあいつとふたりでやる」

「うわあ、すみません、許してくださいぃぃ」

土下座しそうな勢いの菊池を無視して、辻は煙草を咥える。

勢いだけではなく、辻が煙草に火をつけ終わる頃には本当に土下座していた。涙目で、スミマセン、ゴメンナサイ、いやです、仲間外れにしないでください……と訴える菊池を見ていたら、多少むかっ腹も治まってきた。

辻にしても、本気で財津とふたりだけでどうこうする気はない。

あそこまで頭のいい男と一対一は御免だ。タナカを嵌める作戦を考えたのは、ほかでもない財津だし、神立と交渉したのも財津である。大胆で、綿密で、狡猾……男としての器量もでかいから、張り合うのはかなり疲れるはずである。

その点、菊池は楽だ。

菊池のバカさ加減は、財津との緊張感を緩和するのに、ある意味役立っている。

「もういい」

「すみません……すみま……」

「いいっつってんだろうが。うぜぇ。仕事に戻れ。……あ、違う。コーヒー淹れて持ってこい」

辻が命じると、菊池はやっと顔を上げて立ち上がり「ハイッ」と嬉しそうに返事をした。そしていそいそと動き始める。

この素直で、バカで、無垢な笑顔を辻は嫌いではなかったが、それを菊池に伝えてやるつもりは、一切ないのだった。

「……メシを食いに行くんじゃなかったのか？」

フロントガラスに広がる高速道路の光景を見ながら辻は聞いた。

「そうですよ。辻さんに、美味しいものを食べさせたくて」

腹の見えない笑顔で財津が答え、ギアを四速に入れて加速した。荒稼ぎする弁護士が何台か所有する車のうち、やたらでかくて真っ赤なアメ車だ。極道のほうがよほど、目立たない車に乗っている。辻は自分ではあまり運転しないし、組の車の時はたいてい後部座席に乗るわけだが、財津の車ではそれが許されない。隣にいてくださいと強制に近い懇願があるのだ。

「わざわざ高速でメシ食いに行くのか」

「たまにはいいじゃないですか」

「俺は忙しいんだよ」

「適度な休息こそ作業効率を高めます。辻さんはここのところ、働きすぎでしょう。

着いたら起こしますから、眠っていいですよ」

「……なら寝る」

二月の半ば、天気は悪い。曇り空の下、寒風が吹きすさんでいる。

だが車の中はエアコンが適度に効いて暖かく、実はすでに眠くなっていたのだ。夜の眠りが浅いせいもあるだろう。リクライニングをめいっぱい倒し、革のシートに身を預けて目を閉じる。財津は結構スピードを出すが、ギアチェンジが滑らかなので揺れは少ない。静かに流れているジャズっぽいピアノの音色に誘われ、辻はすぐに眠ってしまった。

そして、目が覚めた時にはもう東京にいなかった。

「……おい、なんで静岡なんだ」

リクライニングを戻し、目に入った標識に辻は眉を寄せた。

「静岡まで走ってきたからですね」

「ふざけてんのか。口の中にみかんとお茶詰めて窒息させるぞ」

「みかんもお茶も好きですが、別々に味わいたいです。伊豆に別荘を買ったんですよ。温泉も出るんです」

「温泉で溺死したいのか。てめえの別荘の話なんか聞いてねえ」

「一泊、のんびりしましょう」

「すぐに東京に戻れ。夜は会長と約束してる。明日も向こうで会議だ」

「おや、それは困った。……辻さん、さっきスマホ鳴ってましたよ」

ちっとも困っていない口調で言われ、辻は自分のスマホを見た。和鴻から短いメッセージが入っていて『今夜の会食と明日の会議は中止だ。たまには身体を休ませろ』とある。

「……チッ。オヤジもグルかよ」

「あなたを休ませたい親心ですよ」

「あんたと一緒じゃ、少なくともケツは休まらねえだろうが」

とんでもない、と財津は笑う。車は緑濃いエリアに入っていき、人通りも少なくなってきた。いわゆる別荘地、だろう。

「今回は本当に辻さんを休ませたくて計画したんです。サカるだけなら東京の家でいいじゃないですか」

「じゃ、しないんだな？」

「私はいつだってあなたを抱きたいけど、辻さんがいやならしません」

「フーン。……菊池は置いてきたのか？」

「まさか。そんなことしたらあとでなにを言われるか。昨日の夜から電車で行って、いろいろと支度をしています」

辻は起こしすぎたシートをもう少し寝かせ、窓に流れる木々を見ながら、

「……温泉、出るって言ったな？」

ぼそりとそう聞く。

「はい」

「風呂は広いのか」

「三人は無理ですが、ふたりは入れますね」

「俺はひとりで入るぞ」

「ごゆっくりどうぞ」

温泉は久しぶりだ。辻は風呂が好きなので、そこだけはちょっと嬉しかった。

「このあいだ、姐さんがご実家から受け継いだマンションを売却されましてね。なかなかの額になりましたよ」

「突然なんの話だよ。姐さんの懐なんざ、俺には関係ねえ」

「その金を神立さんに貸したようです」

「…………」

「ようやく、娘さんの渡米の段取りもついたようで」

「……フン。神立は、一生姐さんに頭が上がらねえな。三遍回ってワンと言えと言われたら、喜んで吠えるんだろうよ」

辻の言葉に財津が「そういう犬、辻さんも飼ってるじゃないですか」と笑った。言われてみればその通りだ。三遍どころか、百だって回りそうなのがいる。

本来なら、神立は破門になるべき立場だ。一時はタナカと通じていたのだから、和鴻が許せば下に示しがつかない。だが、タナカを検挙させる作戦に協力し、あのUSBの流出を防いだことで、首の皮一枚繋がった。この先死ぬまで姐さんと組への恩返しが続くのだろうが、それでも娘を助けられたわけだ。

昼過ぎ、財津はカフェに立ち寄って、サンドイッチとコーヒーを買ってきた。物足りないと文句を言うと、夜はご馳走ですからと微笑まれる。辻は「へえ」とだけ答えた。

車はやがて、木立に囲まれた一戸建ての前に停まった。

煉瓦風の外壁はところどころ蔦が絡みついていてクラシックな雰囲気だ。新しい建物ではないが、辻が想像していたよりも大きい。

「中古で買って、リノベーションしたんです。中は新しいですよ」

「ヤクザから顧問料搾り取って、いいご身分だな」

嫌味を口にしつつ、車を降りる。財津はトランクから荷物を出しているが、辻はバッグひとつ持っていない。ちょっとメシを食いに行く、というつもりだったのでコートすら着ていないのだ。寒いな、と肩を竦める。

「辻さんっ」

菊池が玄関から飛び出してきた。見えない尻尾がワサワサ揺れる、安定の犬っぷりだ。辻は咥え煙草で「おう」と答える。

「お待ちしてました！　中にどうぞ」

「ン」

菊池に案内されて別荘の中に足を踏み入れた。

途端にふわりと暖かい。セントラルヒーティングだろうか。なるほど、内装はピカピカだ。財津らしくシンプルだが、クールすぎず温もりのあるインテリアになっている。特に気にいったのは大きなソファだった。L字形で座面が広く、クッションがたっぷりあるのもいい。辻がさっそくどかりと座っていると、菊池がコーヒーと灰皿を持ってきた。

「ひと休みしたら、楽な恰好になってください」

そう言って、肌触りのいいニットと、柔らかな風合いのチノパンも置いていく。ジャージだのスウェットではないあたりは、財津の美意識なのだろう。

辻がのんびり一服しているあいだ、財津と菊池はせっせと荷物を運び込んでいた。

ストリングスの音色が降ってくる。

高い天井に、スピーカーが設置されていた。オーディオはかなりの高級品のようだ。

そしてふと、辻はあることに気がつく。この部屋にはテレビがない。これもまた財津のこだわりなのだろうか。

「……ん？」

さっきテーブルの上に置いたはずのスマホが消えている。おかしい。勝手に消えるはずはないので、考えられるとしたら菊池だ。あの野郎……と思ったところで、今度は財津がニコニコしながらやってくる。

「どうです？　なかなかいい家でしょう」

「……菊池呼んでくれ。俺のスマホがねえ」

「ああ、それ、私が預かってます」

「は？」

「スマホがあると、辻さんは仕事しかねませんからね」

「ふざけんな、返せよ！」

荒々しく言ってみたのだが、「心配しなくても緊急連絡はちゃんと取り次ぎます」と財津は涼しい顔だ。

「じゃ、私は夕食の支度があるので。……ああ、そうだ、温泉に入ってきたらどうです？　廊下の突きあたりが浴室です。タオルやアメニティはご自由に」

それだけ告げると、財津は軽やかな足取りで行ってしまう。

一瞬、追いかけようかと思った辻だが、なんだかバカらしくなってやめた。

どうせ伊豆まで拉致られてきたのだ。この期に及んで、二、三の仕事の電話をすませてなんになる？　たったそれだけなら、明日東京に戻ってすればいい。ただし、勝手に隠されたことについては腹が立っていた。あとで菊池を蹴飛ばそうと思いながら、風呂に向かう。

白いタイルで囲まれた浴室はやはりシンプルでセンスがよく、かつ機能的だった。服を脱いだついでに身体をチェックする。和鴻に竹刀でやられた背中の痣は、だいぶ薄くなった。顔にはタナカとの件で殴られた時の痣がまだ色濃く残っている。男前が台無しだなと思っていたのだが、夜の女たちはむしろ心配して辻に群がってきた。滅多に顔に痣など作らない辻だけに、心配してくれたらしい。

女はみんな、優しくて可愛い。なのにここしばらく、まったく抱いていないのだから、辻もヤキがまわったものだ。

一般家庭用とは言えないサイズの浴槽は、贅沢にも掛け流しの温泉が溢れていた。無色透明だが、入ってみると柔らかくていいお湯だ。

そういえば、湯に浸かること自体久しぶりだった。忙しいと、どうしてもシャワーですませがちになってしまう。

「ふぅ」

ひとりなら、余裕で脚も伸ばせる。

窓からは木立が見える。今は冬枯れの眺めだが、初夏にはこれが輝く緑になるのだろう。窓のある風呂はいいな、と辻はぼんやり考えた。

手足の先から、じんわりと力が抜けていく。

身体の芯まで温まり、頭がぼんやりしてきた。風呂が促すリラックス効果はすごい。日本人の忍耐強さは、頑張ったぶん風呂が癒してくれるからなのではないかと思うほどである。いっそこのまま眠ってしまいたい気分だ。

のぼせる寸前で風呂から出て、渡された服に着替えた。

普段はダークカラーばかり着ているので、オフホワイトのニットがなんとなく落ち着かない。だが、着心地はとてもよかった。タグを見るとカシミアと書いてある。

「辻さん、ビール冷えてます！」

「……おう」

風呂上がりのビールについ頬が緩んでしまい、菊池を蹴る計画はあと回しになる。そのまま、さっきのリビングとは別の部屋に案内された。

この別荘で唯一らしい、和室だ。掘りごたつ式なので正座はしなくてすむ。

そして、座卓の上には……。

「……鍋？」

訝った辻の呟きに、菊池が「鍋です！」と溌剌と答えた。

「伯父貴があちこち手配して、最高級海の幸を揃えたんです。見てください。あのでかい海老にホタテ！　そしてカニ！　カニです！」

菊池はカニを二回言う。そんなに好きなのか。寿司だのステーキだのを想像していた辻としては、意外な展開である。だが、確かに湯気を立てている鍋はうまそうだった。辻は海鮮が好物だし、なにより今手にしているビールとの相性は最高だろう。

「辻さん、温まりましたか？　ああ、顔色がよくなりましたね。じゃあ、少し早いけど夕食にしましょう。ええと、拓也、カニ用のハサミはどうした？」

「あっ、持ってきます！」

「辻さんはこちらにどうぞ。掘りごたつ、下は床暖房になってます。でもこっちは東京より少し暖かいですね。カニ、お好きですか？」

「好きだけど、面倒くせえ」

身を外すのがかったるいし、手も汚れてしまう。海老も同じである。とても好きだ。だが食べるのが面倒くさい。

辻の言葉に、財津は「そう言うと思った」と楽しそうに笑い、

「安心してください。私たちの今日のテーマは、疲れた辻さんを徹底的に甘やかすことです。あなたはなにもせず、雛鳥みたいに口を開けてくれればいい」

なにアホなことを抜かしてやがる……と思った辻だが、恐ろしいことにそれは実行された。

辻は自分の手をまったく汚すことなく、カニも海老も堪能できたのだ。

菊池がせっせと殻を剝き、財津が「はい、アーン」という具合に口まで持ってくる。最初は「やめろ」と抵抗した辻だったが、見事に肉厚なタラバガニの脚を眼前にぶら下げられ、ついパクリと食べてしまった。

カニ自身の味わいに加え、ほかの具材の出汁も染み込んだそれはとんでもなく美味で、辻は容易に陥落した。結局、カニも海老もホタテもアーンである。辻の手はほとんどビールグラスを持っているだけだ。陥落ではあるが、楽である。さすがに野菜などの具材は自分で食べたが。

鍋のおかげで、内臓まで温まった。

片付けは菊池に任せ、辻と財津はリビングで食後酒を楽しむ。大きなソファの上で、快適なクッションに寄りかかって寝そべっていると、財津が「ここに最上のクッションがあります」などと言って、辻を背中から抱きかかえた。

「……おい」

「なにもしませんよ。こうしているだけ」

「煙草取ってくれ」

「つけてあげます。そのままで」

用意のいい財津は、カーディガンのポケットに煙草とライターを仕込んでいた。自分で咥えて火を安定させ、それから辻に咥えさせる。かと思うと、菊池が「辻さん、デザートがありますよ」とガラスの器を持ってやってくる。

「辻さんのお好きな、濃厚なバニラアイスです。ハイ」

銀色のスプーンが近づいてきた。またアーンである。自分で食える、といちいち主張するのも面倒になり、辻は指に煙草を挟んだまま口を開けた。

とろり、と口の中にバニラの甘さと香りが広がる。

「うまいな、これ」

「ハイッ」

褒められたバカ犬は嬉しそうだ。辻がまた口を開けると、慌ててスプーンでアイスを掬う。今度は少し唇から零れ、顎に流れそうになったのを財津が指先で拭った。そのまま自分で舐めて「うん。おいしい」とご満悦な顔をする。

温泉、ビール、鍋。

クッション代わりの弁護士に抱かれ、アイスクリーム。

なるほど、甘やかされている。いつもの辻なら「人で遊んでんじゃねえ」と怒鳴るところだが、今夜はこのスポイル攻撃がなぜか心地よい。

つまり、自分は想像以上に疲れていたわけだと、改めて認識する。甘いアイスクリームがやたらと美味く感じたのも、蓄積された疲労に関係しているのだろうか。

「……辻さん？　眠ってしまいましたか？」

　いつのまにか、財津の胸に抱えられたままうとうとしていた。

　何時だ、と聞くと、財津が「九時すぎですよ」と教えてくれた。

「……まだそんなに早いのか」

「眠くなった時に寝てしまったほうがいい。寝室にご案内します」

「もう一度風呂に入ろうと思ってたのに」

「結構飲んでますから、危ないですよ。私が一緒に入ってもいいんですが、また別の意味で危なくなるし……。部屋まで、お姫様抱っこで行きますか？」

　そういった財津に「アホか」と言い放って、辻は立ち上がる。菊池が「歯ブラシあります」と洗面所に案内してくれた。辻は寝る前の歯みがきは欠かさないのだ。

寝室は二階だった。寝間着も用意されていたが、辻は「いらねえ」と、アンダー一枚だけでやたらと大きなベッドに潜り込む。

「おやすみなさい。私たちは片づけがまだあるので」

　辻の肩口に毛布を引き上げながら、財津が言う。

「辻さん、なにかあったら呼んでください」

薄明かりの中で、菊池も言う。

高そうなシーツの肌触りにうっとりしつつ「いいから、行けよ」と辻はぞんざいに答えた。早く眠りたかったのだ。おやすみなさい……とふたりの声が遠ざかり、明かりが落とされる。

枕に顔をおしつけ、辻は溜息をついた。ほんのりとラベンダーが香る。

今夜は、夢も見ずに深く眠れる気がした。

ぐつぐつと煮えている。

ごった煮の具材が揺れ、湯気が立ちのぼる。出汁のいい香りに、辻の顔も綻ぶ。

──うまそうだろ？

満足げな声は櫛田だ。辻はちゃぶ台を挟んだ向かいの櫛田を見て「はい」と頷く。

そこにいるのは昔の櫛田だった。少し癖のある髪はつやつやと黒く、顔には皺などなく、瞳の輝きも強く若々しい。

——冷蔵庫整理の鍋だけどな。肉だけはちゃんと新しいぞ。ほら、おまえも遠慮なく食え。

はい、と辻ではない誰かが返事をする。右斜向かいに座っているのはレンだった。いそいそと鍋に箸を突っ込み、肉を引き上げて「わあ、牛肉だ！」と頰を上気させて喜ぶ。こいつは本当に可愛い顔をしているよな、と辻はつくづく思う。

——良典も食べなよ。

レンのタメグチに、辻は一瞬、えっ、と思う。

だがすぐに気がついた。自分もまだ若いのだ。十八、九だろうか。レンと変わらないくらいの歳で……そうか、ここはかつて辻が櫛田と暮らしていたところだ。あの狭いアパートの一室だ。

そこで三人、鍋を食べている。

ブラウン管のテレビがついていて、歌番組が流れている。櫛田がサザンをモノマネして歌う。おかしな桑田佳祐にレンが大笑いする。確かに櫛田はサザンが好きだったが、モノマネなどしたことはない。けれど夢の中の櫛田は歌っていた。

辻はハモれと言われて、戸惑う。

レンはノリノリで一緒に歌う。

歌声で鍋の湯気が揺れる。

笑っている。

みんな笑っている。

笑ってもっとベイビーと歌いながら、笑っている。

辻も微妙な音程で歌いながら、心のどこかで気がついていた。これって夢だよなと思っていた。けれどそんなこと、今はどうでもよかった。

——俺は二番の歌詞が好きなんだ。

間奏のあいだに櫛田が言う。レンも頷いている。だが辻は二番の歌詞を覚えていない。だってしょうがないじゃん、と思う。櫛田とは世代が違うのだ。

なんだっけ、なんだっけ。困っているうちに二番が始まってしまう。櫛田は缶ビールを掲げ、レンは手拍子で歌い出す。

あなたがもしもどこかの　遠くへ行きうせても……。

目を開けた途端、涙がボロボロと流れた。

瞼という蓋をなくして、涙は本人の意思と関係なく顔を濡らしていく。辻が半身を起こすと、涙の道は顎から首まで続き、鎖骨でぎりぎり止まった。拭う気にもなれないほどの量だ。

「辻さん？」

静かな声がして、ベッドが軋んだ。

隣で財津が寝ていたようだ。辻と同じように身を起こす。フットライトの明かりがあるので、辻が泣いているのがわかったはずだ。だが財津はなにも言わず、辻の肩にそっと口づけをした。

「本当に悪い夢ってのは……」

辻は言った。ひとりごと程度の、擦れ声で。

「……いい夢、なんだな」

現実世界でなくしたものが、夢の中で蘇る。

現実よりもずっと都合のいい形で、幸福に溢れている。そして夢から覚めた途端に、再びすべてを失ってしまう。その喪失感を、どう言葉で語ればいいのだろう。

笑っていたふたり。楽しげな歌声。

レンはもう死んだ。櫛田は拘置所だ。そして遠からず死ぬ。それが現実だ。

「おかえりなさい」

財津が辻を抱き寄せながら言う。触れ合う素肌が温かい。

「現実の世界に、おかえりなさい……残酷で厳しいところですが、でも私がいますよ。いつでもあなたのそばにいます」

「………」

「ずっとあなたを愛してますよ」

戯言(たわごと)に、辻は小さく笑った。

ずっと愛してる——さんざん女と遊んできた辻が、決して口にしなかった言葉だ。先の約束はしないのが、辻なりの、女たちへの礼儀だった。女たちもそれをわかっていたように思う。

女は男よりよほど現実的だ。少なくとも愛とやらに関してはそうだ。

「なんで笑うんです」

辻のこめかみの涙を舐め取りながら、財津が問う。

「笑うしかないだろ。そんな無意味な台詞」

「私にとってはとても意味のある台詞です。辻さんがいやがるので、あまり言わないようにしてますが……言葉にするたび、満たされて、幸福な気持ちになれる」

愛してます、と再び財津は言った。

そんなものなのか、と辻は思った。愛してると言われるより、言うほうが幸福……逆なのかと思っていた。だって時に人間は、愛されたくて人まで殺すではないか。

「俺にはわからねえ」

顔の涙をぞんざいに拭いながら辻は言い、財津を見た。

「愛とか、どうでもいいから抱けよ。今はそんな気分だ」

財津は「辻さんが望むなら、もちろん」と答え、

「ただし……やり方は任せていただきますよ？」

目を細めて、そんなふうに続けた。

「煮るなり焼くなり、好きにしろ」

「そんなことはしません。むしろ、溶かす感じですかね。なにしろ辻さんを甘やかすために、ここに来たんですから」

財津は顔を上げ、半分開いたドアのほうを見て手招きをした。辻は気づいていなかったが、しばらく前から、菊池がそこに立っていたようだ。風呂上がりらしく、上半身は裸で、下だけスウェットをつけていた。大股で、ベッドに近づいてくる。

財津はベッドヘッドのパネルで、部屋のダウンライトを小さく点す。

財津と菊池の顔が明瞭になる。菊池は辻の顔に涙の痕を見つけて、自分のほうがどこか痛むかのように眉を寄せた。

上掛けが床に落とされる。

大きなベッドの中央に、辻は横たえられる。一枚だけつけていた肌着が取られる。されるままで、逆らうことはない。このふたりに身体を晒すことなど、慣れている。

とはいえ、財津がベッドサイドの引き出しを開けて取り出したものを見た時には、少し頭を上げた。

「おい。それ使う気か」

「いやですか？」

「いやってわけじゃないが……いらないだろ、べつに」

財津が持っているのは、コックリングだ。

陰茎の根本に装着するリングで、勃起力の持続、快楽の増大を目的に使われる。素材はシリコンや金属、サイズもいろいろある。

辻は以前アダルト商品の仕事に噛んだこともあるので、コックリング自体は知っていたが、財津が手にしているリングは形が少し変わっていた。ただの輪ではなく、ギターのサムピックのように、一部がしずく形になっているのだ。

「ステンレスカラーのティアドロップ形、辻さんに似合うと思うんですよ」

「待っ……」

「動かないで」

辻のペニスに潤滑剤を軽く塗り、リングを通し始める。菊池に軽く腕を押さえられただけで、辻は抵抗する気力を失ってしまった。まあいい、リングくらいどうということはないだろう……と、この時点では舐めてかかっていた。

「……冷たいな」

サオとタマ、両方を輪の部分に通された。まだきつさは感じない。ティアドロップになっている部分は会陰側になっていて、結構重い。

「金属製ですからね。すぐ体温で温まります。少し勃たせましょうか。拓也」

菊池はすぐに顔をあげて、ぬる、と辻のペニスを含んだ。感じる場所を熟知した口淫に辻のペニスはすぐ反応し、頭を擡げ始める。だが、八割方の勃起で菊池はそこから顔を離してしまう。正直、少し物足りないくらいだ。

「うん、それくらいでいい。さあ、辻さん……身体を楽にしててください。たくさん甘やかしてあげます。あなたがもういやだっていうほどにね」

辻の右側に陣取って、財津は甘ったるい声を出した。

菊池は左側に回り「俺も頑張ります」と目を輝かせている。

「……おまえらがそう言うなら、俺はマグロを決め込むぞ」

「どうぞ。ただし声は殺さないでくださいね」

「さあな」

四肢を脱力させて、辻は投げ遣りに答えた。

「俺をアンアン言わせたきゃ、せいぜい頑張…………っ……」

言葉が途中で止まったのは、足の小指を舐められたからだった。もちろん、ごく軽くではあったが、反射的に蹴飛ばしそうになる。舐めているのは財津で、辻の右足を愛しげに抱え、指を一本ずつ咥えては舐っている。

「やめろ、おい、くすぐった……ん……っ……」

今度は左の指に刺激を感じる。親指を菊池が噛んでいるのだ。最初はこちらもくすぐったかったのだが、指のつけ根をキリキリと噛まれると、今度は小さな痛みに息が乱れる。

財津が足の甲を舌でなぞる。

菊池が踵に歯を立てる。

足首、太腿、膝……ふたりの口づけは次第に上がっていった。移動の速度はほぼ同じだが、愛撫の仕方は違っている。財津はあくまで、優しく撫で、甘く口づける。菊池はそれより強く、しばしば甘噛みする。そしてまるでひとつのルールのように……財津は右半身、菊池は左半身、その管轄区分が変わることはなかった。

脚を上げさせられ、膝が曲がる。

太腿の裏に、ふたつの唇を感じる。

際どい部分に吐息がかかる。柔らかい皮膚に吸いつくのもふたり同じだ。だが菊池はまた噛んできて、辻は「あ」と声を立てた。

左右の調和と、ときどき生ずるずれ。

甘い愛撫。甘くて少し痛い愛撫。

辻の呼吸が乱れてくる。気をつけていないと、声を漏らしそうになる。

「……すげえ」

菊池が辻の左脚を抱えたまま、うっとりした声を上げる。

「辻さんのここ、もうビキビキになってる。コックリング、かっこいい……」

「よく見えるように、もう少し脚を広げてもらおう」

「うん」

ふたりが同時に辻の脚を左右に開き、辻は身体が熱くなるのを覚えた。セックスの時に脚を上げたり、広げたり、そんなことをいちいち恥ずかしいとは思わないが……ふたりがかりでそうされるのはまた別だ。脚のあいだには誰もおらず、股間の奥、尻の穴まで凝視されることにはなかなか慣れない。

「これ、なんでこういう形？」

「ティアドロップの部分が、会陰をじわじわ圧迫して刺激する。向き不向きがあるが、良典は会陰を押されると弱いからね……きっと気にいってくれると思うんだよ」

財津の説明を聞き、そんな仕掛けがあるのかよと、眉を寄せる。

言われてみれば会陰部に違和感を覚えていたが……具体的に聞くと、いっそうのこと意識をしてしまう。陰嚢のつけ根から肛門までの短いルート、会陰、あるいは蟻の門渡りと言われる部分が、辻は確かに敏感だった。というより、そういう身体に仕込まれたと言ったほうが正しい。無論このふたりによって、だ。

左右からの愛撫は腰骨にまで辿り着いた。

辻の脚は下ろされ、だが性器付近にはふたりとも触れてこない。左右のどちらにも属さない部分だから……ではなく、辻を焦らしているのだ。根本を縛められたペニスは、菊池が言っていたように、いつもよりも硬く張り詰めて、血管を浮かび上がらせていた。

「……っ、は……」

財津が辻の右脇を舐め上げる。

「……う……」

菊池は左脇に強く吸いつき、キスマークをつけていく。見えるところにつけることは厳禁だが、隠れる場所なら大目にみるのが、三人のルールだ。それにしたって多すぎやしないか。ペニスはじんじんと疼いていたが、辻は両腕を上げているので、自分のものに触れることもできない。

熱い。

溶けそうな、蕩けそうな、熱だ。

身体の内に籠もったそれはどこにも放ちようがなく、唯一吐息となって放出される。

呼吸はすっかり乱れていた。つま先から少しずつ——もうどれくらいのあいだ、舐められたり齧られたりしているのだろうか。

どうにかなりそうだ、と思った時、財津の唇が肩に移動して、辻は腕を下ろすことができた。自分のペニスに手を伸ばしたのだが、菊池がすぐに見つけて、封じられてしまった。

「くそ……邪魔すんな……っ」

「ダメっすよ、辻さん。自分で触るのはナシです」

「ならてめえがなんとかしろ……！」

「そんなに急がなくても……伯父貴と一緒に、こっちを舐めてあげますから」

ビクッと身体が震えた。

ふたり同時に、左右の乳首に吸いつかれ、身悶えしたくなるほどの感覚に襲われた。

乳首が自分の性感帯なのはもう自覚していたが、ここまで大きな波に襲われたことはなかったのだ。

「あっ……あ、あ……」

ちゅくちゅくと吸われ、普段は慎ましやかなそれが、ぷつんと硬く立ち上がる。舌先で転がされ、指で摘まれ、充血してさらに存在感を増し、辻は自分が女になったような心持ちだ。菊池のバカがぼそりと「ここからミルクが出ればいいのに」などと呟いている。

「て……めえ、女がいいなら……女を抱けよ……っ」

乱れた息の中で言うと「女なんかいやです」と菊池が返してきた。

「女なんか興味ないし、辻さん以外の男にも興味ありません。けど、辻さんのオッパイからミルク出るなら……俺はそれを飲みたいっす」

「男でも母乳を分泌することは可能らしいからね」

財津までが、甥っ子のバカ発言に乗っかっている。

ふたりは互いの頭がぶつからないよう、角度を調整しつつ「出ないかな」と言って辻の乳首に吸いついている。だがその唇や舌の動きは、無垢な赤ん坊とはほど遠い。しかも、胸への刺激は股間への回路をも形成し、菊池に乳首を甘噛みされると、リングを嵌めた性器がヒクヒクと震える。ずっと押されている会陰では、輪郭のぼんやりしていた快楽が次第に明瞭になっていて、辻の尻奥までをも疼かせる。

「あ……んっ……くそ……も、いいかげんにしろ……っ」

身体を捻っていやがると、菊池が「可愛い」と言った。

あとで殺してやると思いながら、今は潤んだ目で睨むしかできない。

「先に進みたいですか？」

財津がいやらしく笑って言う。

辻が頷くと「では、キスしてください。あなたから」と命じられた。

コノヤロゥいい気になりやがって……と思いつつ、辻は財津の首をかき抱いた。初々しい素振りなど見せてやるつもりはない。最初から口を開け、食らいつくようなキスをする。財津もすぐそれに応え、激しく舌を絡ませあった。息が上がり、唾液が唇の端から零れる頃、菊池が辻を財津から引き剝がす。

「ずるい、ずるいっすよ。俺にも、そういう激しいの……おわっ」

うるせえ奴だと思いながら、菊池をシーツに押し倒し、のし掛かった。上に陣取って唇を合わせると、嬉しげに腕を回してくる。辻としては自分がイニシアチブを握りたいのだが、女相手ではないので、ちっとも大人しくしていない。

キスしているのか、キスされているのかわからなくなる。それでもとにかく、菊池が自分を好きでたまらないという気持ちは伝わってくる。

菊池はまだスウェットを穿いたままだったが、股間が膨らんでいるのはありありとわかった。キスを続けながら、そこに自分のいきり立ったものを擦りつけてみる。

「……んっ、あ……」

直接的な快楽に、思わず声が漏れ出た。

菊池も小さく呻いて、ますます辻の腰を引き寄せる。グリグリと押しつけあうと、辻の先走りで菊池のスウェットに染みができた。気持ちよかったが、リングの嵌められたペニスはそれだけで達することはできない。もどかしさのあまり、辻はいっそう強く、身体を菊池に擦りつけた。菊池の若い肉体は熱く、筋肉の弾力が心地よい。

「良典、そろそろ離れて」

財津にしては不機嫌な声とともに、辻の腕を摑んで後ろに引く。辻はそれを振りほどき、いっそう菊池と密着して身体をくねらせた。我ながら、いやらしい動きだと思うが、身体が止まらない。菊池はハァハァと喘ぎながら、辻の尻を揉んでいる。その手が会陰を覆う金属に触れ、グイッとそれを押した。

「ああっ……」

蕩けた声が出てしまう。

まずい。このコックリングは、辻と相性がいいらしい。身体中の感度が上がり、それは皮膚表面のみならず、隠された部分にまで及んでいた。

「拓也とばかり遊んで、悪い人ですね」

「んっ」

後ろ髪を摑まれ、強引に顔を上げさせられる。

頭皮の攣れる感覚すらよくて、菊池の上に乗ったまま、辻は喘いだ。

「私とも遊んでもらえるように、プレゼントがあります」

「……？　……ひっ、あ……！」

ぬるっ、と尻に入り込んだもの。

硬く小さな感触には思い当たる節があった。以前も使われたことがある。小振りのローターだ。入り込んでしまえば圧迫感はほとんどないのだが、問題はこのあとに始まる、あの……。

「……っ、んんっ……」

体内で始まった振動に、ビクビクッ、と身体が反応する。財津が背後から辻の身体を引き起こし、ベッドの上で膝立ちにさせる。中でローターの位置が少し変わって、

「あっ」と鼻にかかった声が漏れた。

「……うわ……辻さん、やらしい……」

菊池がしげしげと辻を眺めて言う。

銀色のリングを嵌められた性器は、これ以上ないほど勃ち上がり、タマまでキュッと張り詰めている。さらに、尻穴からはローターのコードがぶら下がっているのだ。さぞ淫猥で滑稽な眺めだろう。腹立たしさと羞恥が入りまじり顔を背けたのだが、菊池に顎を摑まれて正面に戻されてしまう。

「こんなやらしい辻さんを知ってるのは……俺と伯父貴だけですよね……」

嬲るように口づけられて、背筋がぞくぞくした。

身の内に被虐の回路が形成されていくのがわかる。それを受け入れるのは抵抗があるが、受け入れさえすれば自由になれることも、もう辻は体験している。

「拓也」

財津が甥を呼び、ベッドの上に立つ。

菊池はすぐにその意を汲んで同じように立った。辻を挟んで、だ。

辻の頬に財津の熱いペニスが当たる。

なにをすればいいのかなどわかりきっている。体内に振動を抱えたままで、根本からそれを舐め上げると、今度は耳にやはり熱い肉の塊がべちりと当たった。とんでもなくでかいそれを辻は掴み、手で軽く扱く。さらに膨らむ肉塊は、なにか別の生き物のように脈打つ。

「ん……いいですよ……良典……もっと奥に入れられますか……？」

無茶言うな、と辻は思いながら財津を見上げた。財津のだって標準を軽く上回るサイズなのだ。半年前まで、辻にとってフェラはされるものであって、するものではなかった。従って、喉奥まで入れるのはまだ難しい。

「辻さん、俺のも……俺のもしゃぶってください……」

菊池が顔にペニスを押しつけてくる。先走りで頬がぬるぬると滑る。こっちもまた我が儘だ。辻の口はひとつしかないので、二本同時のフェラチオは難しい。

ふたりを同時に満足させられるよう、苦心する。

二本をそれぞれ摑み、寄せてふたつの亀頭をべろべろと舐める。順番に口に含んで舌を絡め、唇で扱く。菊池に髪を摑まれる。財津は首の後ろを固定しようとする。ふたりとも、性感が高まるにつれて雄の本能を剝き出しにしてくる。

「……んっ……伯父貴、俺、辻さんの口でイキてぇ……」

「だめだ。私が良典に飲ませる……」

「ずるいよ、そんなの」

「年功序列だ」

「そんなん関係ねえよ。なあ、なら……ふたりでぶっかけるのは……？」

息を荒らげつつ、菊池が言った。ペニスで膨らんだ辻の頬を撫でて「辻さんの顔をさ……ザーメンで、どろどろにすんのは……？」などと下品な相談をしている。あくどい弁護士は「いいな」と同調した。

「おまえら、なに勝手な……う、あ……っ」

口から財津のペニスを出し、反論しようとした時、体内の振動が強くなる。財津がリモコンでローターのパワーを上げたのだ。

内からの刺激と、コックリングの圧が新しい快感を作り出し、じわっ、と辻の性器の先が濡れる。

「ふ、う……は……」

ぷつりと丸く溜まった粘液が、そのまま茎を伝って零れていった。

なんだこれ……すごく、いい。

自分の身体の奥から、蜜のように甘いなにかが滲み出て、じわじわ浸透している。外側に与えられるものではなく、内側から滲みだしてくる甘い感覚に、辻は思考能力を奪われそうだ。

「辻さん、ローターいいみたい」

「ティアドロップとのダブルだからな。だいぶ美味しそうに蕩けてきた」

辻の両耳のすぐ近くで、ニチニチと生々しい音がする。二本のペニスを扱き上げる音だ。時折、それぞれの先端が辻の顔に押しつけられ、雄くさい匂いが鼻腔を掠めた。エロ小説でよく見る肉棒という言葉を思い出す。男を象徴する、最も暴力的で、かつ弱点でもある器官。ヘテロならば、同じ男の生殖器など本来見たくもないだろう。それに嫌悪を感じない己を、ちょっとまずいなと思う。

「……ん……そろそろだ……」

「俺も……イキそう……っ」

まさしく二本の肉の棒が、今自分の眼前で弾けようとしていた。

顔射されたくなければ逃げればいいのだが、尻の奥で唸る小さな機械と、ペニスを縛める金属が逃げる気力を奪っている。辻はむっとする匂いの中、熱に浮かされたように上気した顔で、その瞬間を待っていた。

ふたりの手の動きが、速くなる。

「も、俺……ッ」

「……っ、良典……口を開けて……」

財津の左手が、辻の髪を掴む。

言われたとおり口を開けた瞬間、頬にびしゃっ、と生温かい液体がかかった。口の中には入らない。すると射精しながらもペニスの先が唇に押しつけられ、青臭いザーメンを無理矢理含まされる。菊池は財津より数秒遅れて達し、こちらは勢いがよすぎて目の上にかかった。

だらだらと流れるザーメンが目に入りそうになり、慌てて瞼を閉じる。

「お、俺のも……」

菊池の声に、口を開けて舌を出した。舌の上にびゅっとかかったものを口に戻し、顔をしかめて飲み込む。不味いに決まっている。ふたりぶんの精液を浴びて、顔中はべとべとと、最悪な事態だ。

なのになぜか身体の熱は鎮まらず、興奮が尾てい骨から這い上がってくる。

エロコンテンツでよく見る、白濁した汁まみれの女の顔。

自分は今、あんな顔になっているのだろうか。

「ん……う、やめ……」

辻が目を開けられないのをいいことに、二本のペニスが自分たちの精液をなおも塗り込めようとした。冗談じゃねえとさすがに辻は身体を引き、バランスを崩して仰向けに倒れた。その衝撃で、ローターがまた内壁を強く刺激し、堪えきれずに「ああ」と声をあげる。

「あ、ん……な、んなんだよ……これ……ッ」

「辻さん……っ」

覆い被さってきた菊池がべろべろと辻の顔を舐める。自分と伯父のザーメンを舐めていることになるのだが、少しもためらいがない。犬よりひでえなこいつ、と思いながら辻は好きにさせておいた。全身が甘く痺れて、抵抗する気力もない。目の周りも丁寧に舐め取られると、やっと瞼を上げることができる。

満足げな菊池と目が合うと、嬉しそうな声で「ザーメンまみれの辻さん、すげえ可愛かったです」と報告される。辻は、擦れ声で「うるせえ」と返した。

「てめえらばっか、イキやがって……」

「辻さんつらいですよね……リング嵌められてるから、今にもイキそうなのに、なかなかイケなくて……でも、その焦れる感じがイイでしょ？　たまんないでしょ？」

「顔にそう書いてありますよ、良典」

財津が辻の顔を覗き込みながら言い、チュッと音を立てて軽く口づけてきた。

「どうします？　そろそろローター抜いて、別のものを入れます？」

にんまりとした顔に尋ねられ、辻は頷くしかない。振動する小さなオモチャくらいでは、身体に燻る熱は解放されないと、わかっていた。

「拓也」

財津の目配せで、菊池が辻の上から退く。

入れ替わるように、辻の脚のあいだに陣取った財津は、辻の額に貼りついた前髪を優しくかき上げて「オモチャを抜いたら、なにが欲しい？」とにやにや聞いてきた。

「……なんなんだよ、てめえ。俺に『おちんちん入れてェ』とか言わせたいのか。それとも『先生のデカマラでヒイヒイ言わせてくれ』のほうが好みか？」

「どっちも好きですよ。でもまあ……今はダーティワードの羞恥プレイより……」

「……うっ……」

クンッ、と体内でローターが動く。菊池がコードを引っ張っているのだ。

少しずつ焦らしながらオモチャを移動されると、内壁が無意識にそれを食いしめ、その結果自分に刺激を与えることになる。

「素直に、感じてる顔と声に、私はそそられます」

「……あ……あっ」

「いい声だ。オモチャが出たら私のを入れてあげますから、もっと可愛く鳴いてくださいね？」

「んんっ」

カクン、と肩から力が抜けた。ローターが排出されて、体内の振動がなくなる。身体の熱が少し鎮まったことに安堵した途端、張り詰めた性器にひやりとした感触があって、辻は息を呑んで身を竦ませる。

「……っ、なに……」

「ジェルですよ。そんなに冷たくないはずだけど……ああ、良典のココが熱すぎるんですね」

ぬるん、と先端を指先で撫でられ、ビリビリきた。今まで放置されていたぶん、敏感になっているらしい。

「そんなに感じるんだ？」

菊池が興味津々という声を出し、軽く茎を擦る。それだけで辻は膝が揺れるほどに感じてしまい、今すぐ射精しないことが自分でも不思議なくらいだった。

「ふっ……あ、あ……」

「すげ……これ、精液じゃないんだよな……？」

菊池が伯父に聞く。いろいろと経験豊富らしい弁護士は「精子も少し混じってるらしいが、射精とは違う」と解説した。先端の小さな口から溢れ出る粘液を指に掬い、透明な糸が引くのを辻に見せながら、

「良典はリングがよっぽど好きらしい。……私が入れてあげたら、もっとすごいことになる」

と悪魔のような笑みを見せた。

やめてくれ、これ以上なんてシャレにならない、どこまで自分を手放せばいいんだ……そう危惧する理性と同時に、もっともっとと欲している自分もいた。狂おしいほどに感じさせろ。すべてどうでもよくなるほどの快楽をよこせ。理性が砕け、身体を溶かし、そのまま死んでもわからないくらいの――。

「あ」

ローターが出て行った場所に、熱い肉が触れる。

辻は一度目を閉じたのだが、覆い被さる財津に「良典」と呼ばれて瞼を上げた。

「ちゃんと目を開けていなさい。あなたの、中に、入る私を……」

「……ッ」

「見て、いてください……ほら……」

「……あ……っ」

肉襞を押し広げられる、その感覚。

痛みと、圧迫される苦しみ。何度抱かれても、最初のうちはそういった負の感覚がつきまとう。それは次第に快感へと変遷していくのだが、今日は少し違った。

「……は……ッ」

ないのだ。

我慢しなければならない、負の感覚がない。

辻のそこは、まるで待ち焦がれていたように、財津のペニスを喜んで迎え入れている。少しずつ進まれるたび、皮膚の表面に悦楽のさざ波が立ち、腹の奥が熱く滾る。

「……っ、良典……？」

辻の変化は財津にも伝わっているようだ。まだすべてを納めきってはいないのに、身体を止め、小さく息を吐いて「まずいな」と珍しい弱音を吐く。ふたりの交歓をすぐそばで見つめている菊池が、怪訝そうに伯父に聞いた。

「どうしたの？」

「絡みついてきて……よすぎる。最初からこれじゃ、すぐにもっていかれそうだ」

息を整えながら答える財津の腰に、辻は脚を絡めて「はやく」と催促した。

乾いた唇を舐めながら、乱れた呼吸の中でねだる。

「はやく……来いよ、先生……なぁ……もっと、もっと奥……」

「……っ、くそ……」

財津らしからぬ悪態をつき、辻の腰を抱えた。

ぐっ、と一気に進まれて、辻の顎が上がる。

「…………ッ！」

身体の中でなにかが弾けたような感覚に、声も出なかった。

それは言ってみれば、快楽で膨らみきった風船みたいなものだ。確かに弾けて、辻の身体を内側から灼いているのに、発散がない。

いつまでも身体が熱い。ボルテージが下がらない。

顎を引いて自分のペニスを見ると、痛々しいほどに腫れ上がったそれは、タラタラと粘液を零してはいるものの、いまだ射精には至っていなかった。

「……良典……ッ」

財津が動き出し、腰がガツンと当たる。序盤戦では辻の様子を観察するのが常の財津としては珍しい。また、最初からガツガツ責められれば辻も苦しいはずなのに……いや、苦しさはいくらかあるのだが、それ以上に快感が大きすぎるのだ。

「は、あっ、あ……い、い……気持ち、い……すげ、え……」

勝手に口走ってしまう。

舌足らずの甘い声は、知らない男のもののようだった。少しでもそうやって快楽を外に出さなければ、身体が爆発してしまいそうなのだ。このレベルの快楽ならば、とっくに射精しているはずなのに……これがリングの効果なのだろうか。

「あ、あっ……もっ、と、腰、ぶつけ……つよ、く……ああっ……」

財津の腰がぶつかると会陰に当たっている金属部分に響き、ぞわぞわと新しい快楽を生んだ。それがもっと欲しくて、財津の腕に爪を立ててねだってしまう。菊池が「ちくしょう」と悔しげな声を出して、横から辻に口づけてきた。激しいキスと同時に乳首を抓るように刺激され、また違う種の快感に、辻はうち震える。

身体中に、快楽という石礫が当たっているようだ。

しかも内側からも悦楽は響き、自分の身体を正常に認識できなくなってくる。この唇は、自分のなのか、菊池のなのか。この熱い皮膚は自分のなのか、財津のなのか。

舌を嚙まれる。痛くて気持ちいい。

前立腺裏を突かれる。痺れる刺激がたまらない。

喉が震える。自分は声を上げているらしい。どんな淫猥でみっともない声を上げているのかももうわからない。鼓膜まで快楽で蕩けてしまったかのようだ。それでも財津と菊池の声はときどき聞こえてくる。

辻を呼びながら、その熱情をぶつけてくる二匹の獣。

こいつらに食われて死ぬんだろうか、とふと思う。

「…………ア……」

浮かんでる。

身体が宙に浮かんで、強い光の中にいる。

眩しい光の粒が辻の中にどんどん入ってきて、内側から身体を崩していく。絡まり合った糸がするすると解けていく。

緊張ではなく、弛緩する。

解体される。自由になる。

辻もまた、光の粒になって浮かんでいるのだ。

初めて体験するこの感覚は……なんと言えばいいのか。快楽という言葉ではなにかが足りない。あまりにも満ち足りた……幸福感、に少し似ているような気がする。

「辻さん……？」

菊池の声が遠くに聞こえた。けれど返事はできない。辻はもう自分の身体を認識するのが難しい。目線すらろくに定まらない。

「聞こえてますか？　……ドライでイってるのかな……？」

「ああ……そうだろう。中が、熱くて……締めつけが……たまらない……」

苦しげな声は財津だ。ポタポタと汗が滴っている。腰の動きはややスローになり、ペース配分をしているのがわかる。

「ほんっとずるいよ伯父貴……いつもいいとこばっか……」

拗ねたような声に、辻は小さく笑った。もっとも、表情筋がうまく動いたかはわからない。心の中で笑ったのだ。

「俺だって……こんなに辻さんのこと好きなのに……こんなに……」

頬に、額に、キスが降る。愛しまれる、とはこういうことなのかなと思う。

辻は腕を伸ばして、菊池の頭を撫でた。

「辻さん……」

菊池が泣きそうな顔でこっちを見る。

ちょっと待ってろ、と掠れた声で言い、今度は財津の頭を引き寄せた。その耳に唇を寄せ、「手ェ抜くなよ……もっとできんだろ……」と甘い声でけしかける。

「……っ、悪い、人ですね……！」

財津は辻の挑発に乗った。

「あ、ああ……ッ！」

脚を抱えられ、深く穿たれると、ふわふわしていた快楽がまた変遷する。荒波に揉まれるような感覚に、辻は喘ぎ続けた。

リングがなかったら、もう三回は極めているのではないだろうか。快楽の頂点にいるのに、そのすぐ上の雲を突き抜けることはできない——そんな感覚に翻弄されながら、財津の背中に爪を立てる。

「うっ……」

いつもよりだいぶ早く、財津が果てる。

深い溜息をついて身体を離した。ずるっ、とペニスの抜ける感覚に小さく呻いてしまう。いいかげん、辻もイキたい。このままだとおかしくなりそうだ。

「菊池」

胸を上下させて喘ぎながら、辻は舎弟を呼んだ。

「ハイ」

「来い」

「……え」

察しの悪いバカ犬を睨み、「だから、ケツに入れていいって言ってんだよ」と直截(ちょくさい)な言葉を使う。ポカンとしている甥っ子に、財津が汗を拭いながら「お許しが出たな」と笑う。

「良典を楽にしてやってくれ。いい感じに緩んでるから、今ならいけるだろう」

「ま、マジでいいんすか……」

辻は張り詰めすぎて苦しいほどのペニスを自分で握り「早くしねえと、自分で終わらすぞ」と脅しをかけた。

「だ、だめです。そんなもったいない。俺がします。俺ので、イってください」

菊池が辻の脚のあいだに来ると、財津が「後ろからのほうがいいと思うぞ」とアドバイスした。辻は熱に浮かされたように身体を起こし、自ら這う姿勢を取る。菊池が自分のものにジェルを塗りたくっていた。今更ながら、その大きさにやや気後れしたが、もうあとには引けない。

辻の中も、たっぷり濡らされた。

「い……入れ、ます……」

緊張した声が後ろから聞こえる。

「う」

めりっ……と裂けたのではないかというほどに、入り口が広がった。

「自然に呼吸して」

財津の言葉に、無理言うな、と内心で舌打ちする。そんなことほざくなら、てめえも甥っ子のを入れてみやがれってんだ……と、余裕があれば言ってやりたいが、今は息をするので手一杯だ。

「あっ……あ、あ、く……っ」

「つ……辻さ……っ」

でかい。

あまりに大きく、熱い。

その存在感に、辻の身体が竦み上がる。それでも逃げはしなかった。いつまでも菊池にお預けを食らわせておくわけにもいかない。一度貫通してしまえば、だいぶ楽になるはずなのだ。財津との時だって、そうだった。

「はあっ、は……きつ……」

菊池の上擦った声がする。少しずつ侵攻され、辻はシーツを掴んで裂かれるような感覚に耐えた。本当に裂けているわけではないだろう。そんな状況になっていれば、財津が必ずストップをかける。

僅かに進んでは……。

「うっ……」

辻が少しでも反応すると、止まる。

「拓也、ゆっくりすぎる」

見守っていた財津が言った。

「そんなに遅いと、かえって良典がつらい。もっと進んでいい」

「けど、壊しちまいそうで……」

「大丈夫だ。私とあれだけして壊れないんだぞ。もっと腰を進めろ」

「じゃあ、もう少しだけ……」

「んんっ！」

「あっ……す、すんません……！」

菊池が慌てて腰を引き、ずるりとペニスが抜け落ちた。せっかくある程度入っていたのに、また最初からに戻る。必死に耐えた辻の苦労も水の泡というわけだ。辻は振り返り、後ろにいる菊池を睨みつける。

「……この野郎……」

「す、すみませ……わっ！」

思いきり、どついてやった。

ベッドの上にひっくり返った菊池に、馬乗りになる。カッカきていた。頭も、身体もだ。こいつがシャンとしないと、辻の中に生まれた熱は昇華されないままで、半端に萎むことになる。

そんなこと、許してなるものか。

気持ちよくなるために、こいつらとヤっているのだ。女好きの自分が百歩どころか千歩も万歩も譲って、野郎にケツを差し出しているのだ。中途半端は許さない。

「つ、辻さん……？」

「てめえはそのまま寝てろ」

菊池の上で、辻は膝立ちになった。巨根をむんずと摑み、位置を合わせる。

「良典、それは……」

「うるせえ」

財津の台詞など、聞くまでもない。大きすぎるペニスと繫がるのに、騎乗位はあまりいい選択肢ではないというのだろう。けれど、このへなちょこ野郎に任せてはいられない。

「く……っ」

菊池の剛直は、辻の手の支えなどいらないほどだった。

少し身を沈めただけで、再び身を裂かれるような感覚に襲われる。それでも辻は先に進んだ。身体をより沈ませ、張り出した亀頭部まで納める。菊池の腹筋がビクッと痙攣したのがわかる。

まだだ。

まだ先は長い。もっと、沈まないと。

「は……っ、はあっ……」

じわじわと身体を下げていく。

苦しさの中、チラチラと微かに光る快楽があるのだが、なかなかそれを摑めない。

自分主導で動いているので、快楽を追うことに集中できないのが悔しい。

ちくしょう、もっと気持ちよくなりたいのに。

そのために男にまたがっているのに……。

「良典」

「あ」

ふっ、と自重が少し軽くなった。

財津が辻の背後に回って、身体を支えてくれたのだ。

「少し私に寄りかかるように……そうです。ああ……こんなに口を開いて……痛くないですか？ ジェルを少し足しておきましょうね……いいですよ、ゆっくり降りていって。私が角度を調節してあげますから、楽になれるはずです」

辻は頷き、半分身を預ける形で、再び身を落としていった。

「……ふ……っ」

半分までは思ったよりスムーズに進めた。とはいえ、太さも財津よりあるのでやはり苦しい。

「大丈夫」

耳元で甘く囁かれる。

「良典の身体は、すっかり準備できてますよ。拓也のだってもう呑み込めます……。

こんなにでかいのを入れると、どうなんでしょうね？　どこが、どんなふうによくなるのか……私にも教えてください……」

「あ、んっ……ああっ……」

大きな手が辻のペニスをするりと撫でていった。さらにふたつの膨らみも軽く刺激され、ピクピクと身体が震えてしまう。菊池が下から「辻さんっ、お、俺を見てくださいっ」と嫉妬の声を上げる。それが少し可愛く思えて、ふっと頬が緩んだ。

ずっ……とまた身体を下げる。

ここまでなら、財津も入ってくる。次からが未知の世界だ。財津に尻の膨らみを撫でられながら、辻はより進む。

「……っ」

圧迫感が増幅する。

辻が緊張したのを悟り、財津が「少し身体を揺らして」と言った。

「深さはそのままでいいから……揺れて、イイところを探してごらん。そう……拓也の腹に手をついていいから、好きに動くんだ」

「……んっ、は……あっ……」

財津の言うとおりにすると、再び身体が緩む。財津と繋がっていた時の、ふわふわした快楽を少しずつ取り戻し、辻は盛んに身体を揺らした。

財津の両手が胸に移動し、ふたつの乳首を弄くり出す。

「あ……くそっ……イイ……」

「もっと強く?」

頷くと、財津は「良典はオッパイが好きだね」と笑い、キュッと摘んで引っ張った。

その刺激で内壁も絞られ、菊池が「うっわ……しまる……っ」と呻いた。

「そのまま……進んで。イイところを擦りながら、奥にもあるそれを探して」

「ふっ……ふっ……は、あ……」

「そう、上手ですよ」

「あ、は……ああ……深、い……」

「奥でも、感じられるでしょう?」

「んん……感じ、る……でかい……菊池のすげ……でかくて……」

「辻さん……ッ」

がしっ、と菊池が辻のウエストを掴んだ。すかさず財津が「拓也はまだだ」と釘を刺す。

「え……」

「おまえはまだ動くな。もっと良典が溶けてからじゃないと、また痛がる」

「うう……」

悔しげに、菊池は辻の腰から手を離した。泣きそうな顔がおかしくて、腰を使いながら辻は笑う。そんな辻を見上げながら、菊池は呆けたように「きれいだ」と呟いた。男が言われる台詞じゃねえだろと思いながらも、ほんの少しだけ嬉しい。

「は……ふ、あッ……」

もっと呑み込める気がして、身体をさらに落とす。

信じられないくらい奥を突かれて、背骨まで痺れる。身体が崩れそうになり、財津に寄りかかった。後ろから耳を齧られながら「全部入りましたよ」と教えられる。

腰はもう、完全に落ちていた。

辻は菊池のすべてを呑み込んだのだ。あんなデカイものがよく入ったなと自分でも感心する。菊池は顔を真っ赤にして辻を見上げ、苦しげに呼吸していた。

「……なに……おまえ、よくないのか……？」

「違っ……よすぎて……こ、これで動くなとか、地獄です……ッ」

「動いちゃいけないのか？」

首を捻って、財津に聞く。財津は辻の胸から腹を大きく撫でながら「どうしましょうね？」と耳朶を噛んだ。

「もう大丈夫だとは思うんですが……なんとなく、妬けて」

「なんだそれ」

「あなたが私以外のペニスで気持ちよくなるのが、悔しいんです」

「もう遅いだろ。このデカイの……すげえ奥まできてる……」

辻がうっとり呟くと、菊池が「もう……っ」と再び辻のウエストを摑んだ。

「ああッ！」

下から強く突き上げられて、辻はのけぞって声を上げる。財津の支えがなければ、そのまま倒れていたかもしれなかった。

「辻さんっ、辻さんっ……辻さ……こんな、熱い……ッ」

傍若無人といえるほどに攻め込まれ、辻は激しく揺さぶられる。髪が乱れ、声を上げることすら難しくなってくる。

身体の奥の奥まで、犯されるようだ。

菊池はバカな犬から、飢えた雄狼に様変わりしている。逞しく割れた腹筋を使って一気に身体を起こし、繋がったまま辻に抱きついて貪るようなキスをしてきた。

唇に嚙みつかれ、舌を引き出され、強く吸われる。そうかと思うと、横から邪魔が入り、今度は財津に唇を吸われる。辻は酸欠寸前で、クラクラしてきた。

「辻さん……ッ、俺のモンだ……俺の……」

辻を激しく揺さぶりながら、暗示でもかけるように菊池は繰り返す。

緩む。

感じているのに、収縮しない。解けていく。

財津の時と同じように、光の粒になるのを感じる。音が遠くなる。目を開けていてもなにも見えない。ただ体温は感じている。辻を挟むふたりの男の、確かな存在を。

境界が、なくなる。

辻の輪郭は融けて、ふたりと混ざってしまう。いや、もっとか？　世界と混ざってしまうのか？　どこまでも膨らむような気もするし、見えないほど繊細に砕けていく気もする。

砕けてしまったはずなのに、いまだ辻を翻弄するこの快楽はなんなのだろう。

「辻さん……っ」

「良典……」

ふたりの声は時に遠く、時に近い。

バカな奴らだ。辻のような男に、なぜそこまで執着する？

なにも見返りはないというのに、愛などという言葉を囁く？

そんなものは幻想だ。

でなきゃ麻薬だ。ただ食って、寝て、クソして……やがて死んでいくだけの哀れな人間に与えられた、たちの悪いヤクだ。だから辻は信じない。信じたくない。愛するのはいつだって自分だけだ。それだけが真っ当な愛だ。

「辻さん……泣かないでください」

菊池の言葉に、辻は笑う。誰が泣いてるって？　そんなはずないだろ。くだらねえこと言ってると、殺すぞ。

「良典。泣いていいんだ」

今度は財津だ。おまえら揃って、頭がおかしい。

俺がセックスで泣くもんか。ほら、泣いてるのは菊池のほうじゃないか。なんで俺に突っ込みながら、ボロボロ泣いてやがる。そこまで嬉しいのか？　まあ、俺も悪くないよ。身体はな。

そんなにキスするな。

ふたりとも、しつこいんだ。愛してるって言うな。うぜえ。

ああ……なにかがやってくる。

遠くで煌めいていた、小さな星のかけらのようなものが、すごいスピードで近づいてくるのがわかった。辻めがけて一直線にくる。避けられないのはわかっていたが、怖くはなかった。それが、悪いものではないのは、なんとなく知っていた。

「も……あっ……」

無意識にどれだけ叫んだのか、喉が痛くて声がうまく出ない。

刹那、茫としていた身体感覚が明瞭になる。

いつのまにか、菊池は辻を押し倒し、脚を抱えて腰を使っていた。汗が雨のように降っていて、額に落ちたそれを財津が拭ってくれた。

「…………っ！」

遠くの煌めきが、脳天から辻の身体に入った。

背骨を伝って一気に降りて、陰嚢の中につかのま姿を隠す。けれど、次の瞬間には勃起したペニスにギュンッと移動して、爆ぜた。

「……っ、……ッ……」

射精している。

今度ははっきりわかった。だが、根本のリングのせいで、絶頂感がなかなか終わらない。噴き出す精液も、間欠泉のようにあいだがある。こんなイキ方は初めてで、辻は震えながらシーツをカリカリと引っ掻く。

つらい。

悦すぎて、苦しい。

なにかに縋りたくて手を伸ばすと、財津がしっかりと握った。

菊池は辻とほぼ同時に極めたようで、ぜいぜいと荒い呼吸をしていた。

「辻……さ……」

どうっ、と菊池の身体が倒れてくる。

まだ菊池のモノは辻の中に入ったままだが、だいぶ大人しくなっていた。図体ので
かい男なので重くて苦しいが、その文句を言う余力も残っていない。
すると、財津が菊池の身体を強制的に、ごろりと横に転がしてくれた。
肺に空気が入ってくる。
やっとまともに呼吸ができて、辻はさかんに胸を上下させた。
死ぬほど気持ちいいってやつを体験したが、まだ生きてるな……そんなことを思い
ながら、辻は意識を手放していった。

「……ぶっ殺す」

後部座席にきわめて不機嫌な辻を乗せて、車は走っていた。

「てめえらぶっ殺す。イチモツ切り取って、各自のロン中突っ込んでやる」

「怖いなあ」

余裕綽々で笑う財津が憎らしくて、辻は腕を伸ばしてその耳を引っ張った。

「痛い痛い、辻さん……勘弁してください」

「にやにやしてんじゃねえ。あんたには反省の色がまったくねえな……身体についたままのブツを縦に裂かれてえのか」

「想像しただけで縮みますね……」

「プラナリアじゃねえから蘇生しないぞ」

「反省はしてますよ。私の予想とは違う展開になってしまった」

車が段差を通過して、少し揺れた。辻は鋭く「痛ぇ！」と叫ぶ。

「菊池！　てめえ！　揺らすなって言ってんだろうが！」

「すすす、すみませんッ」

運転席の菊池がステアリングを握ったまま身体を強ばらせ、アワアワと謝る。

ひと晩明けて、別荘からの帰り道だ。

辻はシートに横たわっており、普通に座っている財津の膝を枕に使っていた。

もちろん、いかにでかいアメ車とはいえ脚を完全に伸ばしきることはできないのでいささか狭い。それでも座っているよりは、腰の負担がましだった。

「私の予想では……まあ、辻さんとセックスはするかもな、と」

財津が辻の髪を撫でながら語る。

「……」

「で、場合によっては、拓也にもお許しが出るかもな、と」

「……」

「ですが、辻さんが拓也に乗っかるのは予想外だったんですよ。乗っかって、あれだけ腰振ったら、そりゃ翌日しんどくもなるってものです。しかも拓也も途中からリミッター外れてましたからね……もっとも、あんな痴態を見せられたんですから、仕方ない部分はあります。そのへんは大目に見てやってください」

「……煙草」

自分に都合の悪い話は聞かないという、ヤクザの基本を忠実に守り、辻は財津に命じた。財津は「はいはい」と苦笑いをしながら、自分で煙草を咥え、火をつける。

「戻ってからも、しばらくは大人しくしててくださいね?」

火の安定した煙草を辻に咥えさせて、財津は辻を見下ろす。辻はフンと鼻息を漏らして「こんな腰じゃ女も抱けねえよ」と答えた。

「抱かせてはくれませんが、腕のいいマッサージの女性を紹介しましょう」

「若い美人か？」

「恰幅のいいおばちゃんです」

その返答に、ハァと深い溜息をつく。

今日は煙草があまりうまくない。財津に「もういらん」と返すと「ではありがたく」と微笑み、続きを吸っている。

逆さに見える窓には、くすんだ色の空と、裸木の枝が流れていく。

辻は目を閉じた。

今朝はずいぶん寝坊したのだが、それでもまだ眠い。

明け方、一度目が覚めた。

辻の身体はきれいに拭われていて、真新しいパジャマに包まれていた。すぐ横で財津が静かな寝息を立てており、背中からは菊池が腕を絡ませている。ふたりの体温があるせいか、冷え込むはずの明け方でも、ちっとも寒くなかった。

身じろぐと、菊池がむにゃむにゃ言いながら、辻をさらに抱き寄せる。

財津は目を閉じたままで、器用に辻の頭を撫でた。起きているのかと一瞬思ったが、二度撫でると、その手はぱたりと落ちてしまう。

なんなんだ、こいつら……。

まるで愛玩動物にでもなったような気分だ。それはありえない。どちらかというと猫だろう。犬ではない。主を信じ、従う犬ではない。本来は孤高の野良だが、懇願されて短期間だけ一緒にいてやっているのだ。うまい餌があり、ブラシをかけるのもなかなか達者だから妥協しているが……本当は自由だ。いつだって窓の隙間から出て行くことはできる。

そんなことを考えながら、辻も再び眠ってしまった。

起きてからは、再びお世話焼きタイムが始まった。

財津に風呂に入れられ、切れてはいないが腫れぼったい局部にクスリを塗られ、歩くのもしんどいと文句を言うと、朝食がベッドまで運ばれた。菊池が早朝買ってきたという、近隣のベーカリーの焼きたてパンと熱々のカフェオレだ。身体は怠かったが、腹は減っていたので、辻はペイストリーを三つ食べた。食後は菊池が林檎を剝いた。ウサギさんにしますか、と真面目に聞かれたので、タヌキさんにしろと無茶を言ったら、しばらく悩んで、できません、すみませんと土下座の勢いで謝られた。何度も言うが、こいつはバカだ。

「あ」

運転席からバカの声がする。

「どうした？」

財津が聞くと「雪です」という答だ。

辻も目を開けてみる。灰色の空から、白いものが落ちていた。窓にあたると、すぐに水滴に変わり、震えながら斜めに流れていく。このへんも降るんだなあ、と菊池が呟いた。

車がまたガタンと揺れた。

「すっ、すんませんッ」

菊池が詫びたが、辻は無視した。一切揺れないように運転するのが不可能なことは辻だってわかっている。それでも、怒鳴りたいときには怒鳴るが。

もうすぐ高速道路に入るようだ。

東京も雪が降っているのだろうか。

「寒くないですか？」

財津が車に積んであったブランケットを引き寄せて聞く。辻はなにも答えなかったが、赤いチェックのブランケットをふわりと広げてかけられる。

あたたかい。もう少し眠ろうと思って目を閉じる。

目を閉じると、おのずと浮かぶふたつの顔がある。

拘置所は寒くないだろうか。

レンがひとりで死んだ時、寒くなかっただろうか。

どうでもいいことだ。考えても仕方ない。人間というのは、本当に厄介な生き物だ。脆弱で、臆病で、そのくせプライドばかり高く、暴力をふるい、金を欲しがり、他者を憎み、投げ遣りになり、絶望し……。

「愛してますよ」

財津の声が、降ってくる。

辻は寝たふりをしていた。ふりなのはバレているだろうが、財津は返事を求めもしない。ただ大きな手で、ブランケットの上から辻を撫でている。猫を撫でるように、ゆっくりと優しく。

「俺だって愛してます。辻さんだけです。ずっとずっと」

こちらは辻が本当に寝ていると思い、安心して言っているデカチンのバカ野郎だ。まったく、いやになる。

愛だの、情だの——そんなものに振り回されてもがくのも、また人間だけだ。サルよりヒトが利口だなんて、いったい誰が言えるだろうか。

それでも辻はヒトなのだから仕方ない。

この先も、極道という、人の中でも最低の部類に属する者として生きていくしかない。人間らしく、己の欲望に従い、勝手気ままにやらせてもらう。

誰かを愛したりはしない。決してしない。

櫛田やレンのようにはならない。自分本位を貫きとおし、狡く賢しく生きてやる。

するりと、髪を梳かれた。

ブランケットが肩口まで引き上げられる。

慎重な運転が続き、車の揺れは限界まで抑えられている。

辻は誰も愛さない。

けれど愛されないように生きるのは、どうやら無理なことらしかった。

本書は、二〇一五年三月にリブレ出版より刊行された単行本を改稿し、文庫化したものです。

「いとしのエリー」
作詞・作曲：桑田佳祐

スリーサム
threesome

えだゆうり
榎田尤利

令和4年 8月25日 初版発行

発行者●青柳昌行

発行●株式会社KADOKAWA
〒102-8177 東京都千代田区富士見2-13-3
電話 0570-002-301(ナビダイヤル)

角川文庫 23292

印刷所●株式会社暁印刷
製本所●本間製本株式会社

表紙画●和田三造

●お問い合わせ
https://www.kadokawa.co.jp/ (「お問い合わせ」へお進みください)
※内容によっては、お答えできない場合があります。
※サポートは日本国内のみとさせていただきます。
※Japanese text only

ISBN 978-4-04-111969-3 C0193

JASRAC 出 2205029-201

◇◇◇

角川文庫発刊に際して

角川源義

第二次世界大戦の敗北は、軍事力の敗北であった以上に、私たちの若い文化力の敗退であった。私たちの文化が戦争に対して如何に無力であり、単なるあだ花に過ぎなかったかを、私たちは身を以て体験し痛感した。西洋近代文化の摂取にとって、明治以後八十年の歳月は決して短かすぎたとは言えない。にもかかわらず、近代文化の伝統を確立し、自由な批判と柔軟な良識に富む文化層として自らを形成することに私たちは失敗して来た。そしてこれは、各層への文化の普及滲透を任務とする出版人の責任でもあった。

一九四五年以来、私たちは再び振出しに戻り、第一歩から踏み出すことを余儀なくされた。これは大きな不幸ではあるが、反面、これまでの混沌・未熟・歪曲の中にあった我が国の文化に秩序と確たる基礎を齎らすためには絶好の機会でもある。角川書店は、このような祖国の文化的危機にあたり、微力をも顧みず再建の礎石たるべき抱負と決意とをもって出発したが、ここに創立以来の念願を果すべく角川文庫を発刊する。これまで刊行されたあらゆる全集叢書文庫類の長所と短所とを検討し、古今東西の不朽の典籍を、良心的編集のもとに、廉価に、そして書架にふさわしい美本として、多くのひとびとに提供しようとする。しかし私たちは徒らに百科全書的な知識のジレッタントを作ることを目的とせず、あくまで祖国の文化に秩序と再建への道を示し、この文庫を角川書店の栄ある事業として、今後永久に継続発展せしめ、学芸と教養との殿堂として大成せんことを期したい。多くの読書子の愛情ある忠言と支持とによって、この希望と抱負とを完遂せしめられんことを願う。

一九四九年五月三日